看最好的别人，做最好的自己

诗意栖居的青春

马锡尔 / 著

山西出版传媒集团　山西教育出版社

图书在版编目（C I P）数据

诗意栖居的青春/马锡尔著．一太原：山西教育出版社，2015.11
ISBN 978-7-5440-7949-5

Ⅰ．①诗… Ⅱ．①马… Ⅲ．①随笔-作品集-中国-当代 Ⅳ．①I267.1

中国版本图书馆CIP数据核字（2015）第255176号

诗意栖居的青春
SHIYI QIJU DE QINGCHUN

出 版 人：雷俊林
责任编辑：李梦燕
助理编辑：刘继安
特约编辑：李卫华
复　　审：彭琼梅
终　　审：张沛泓
装帧设计：薛　菲　孟庆媛
印装监制：贾永胜

出版发行：山西出版传媒集团·山西教育出版社
（太原市水西门街馒头巷7号　电话：0351-4035711　4729825　邮编：030002）
印　　装：山西臣功印刷包装有限公司

开　　本：889×1194　1/32
印　　张：7.5
字　　数：147千字
版　　次：2015年11月第1版　2015年11月山西第1次印刷
书　　号：ISBN 978-7-5440-7949-5
定　　价：25.00元

静者心多妙，飘然思不群（代序）

陆振权

见到马锡尔同学是他入田园后的一个晚餐时间，那天我因值班在学校食堂用餐，看到一个安静的男孩——看上去是一个十六七岁的青年，面貌很端正，肤色是微黑的。就餐学生大多三三两两结伴而坐，而这个朴实而标准的男生一个人安静独坐用餐的形象吸引了我，我便端着晚餐盘坐到他对面，欣赏地与他低声攀谈起来。我们简单交流了学校生活体会、课务学习感受、食堂饭菜质量等等，安安静静，普普通通，只记得他说对学校很满意，学科上喜欢语文，而我则给了他一些鼓励的话语。真的想不到那天简单的几句鼓励，平凡的几声问候，竟播下了一颗希望的种子，长出了一棵清新的新芽。

从他的后记中得知，这次交谈给他深刻的印象和启发，“就是在那一刻萌发了一颗潜藏在心底的学文的心”。之后在校园中，我们也偶尔碰到，依然是简单的问候和交谈，他给人的印象依然是话语不多，是个讷于言辞而又彬彬有礼的孩子。直到2015年3月，新学期开学不久，他拿着一叠厚厚的文稿，敲开了校长室的门——我的惊喜之情溢于言表：惊喜于他的“讷于言而敏于行”，一年多来，他默默地观察思考学习生活中的林林总总，默默地阅读写作，默默地孤独坚守；惊喜于他思想的丰富深刻，70余篇作品，涵盖了学习、生活、影视、名著、名人、哲学、伦理等方面的多维度思考，分成8个专栏，命了美好的名字；惊喜于他低调谦和的做事风格——不同于以往出版个人文集的4位同学，他阅读写作的过程老师们几乎无从知晓，没有鼓励鞭策，不须指导修改，一切均为自发的兴趣和自觉的发挥，一切都是在“润物细无声”的状态下自然生成的，相信这就是田园办学不断发展的必然结果，也是学校育人的最佳状态。

然而，更让人吃惊的是他文字的深刻和感觉的敏锐。他的文章完全超离了同龄人的稚嫩青涩，对生活有清新脱俗的哲理思考，颇有周国平等人哲理小品文之风范。他用散文的笔调写他的哲学思考，用哲学的思考来贯穿他的文学写作。万籁俱寂时，读他的文章，仿佛是敲击心扉的一声蝉鸣；喧嚣浮躁时，读他的文章能获得守护心灵的一丝安静。

“人是唯一能追问自身存在之意义的动物。”马锡尔在他风华正茂时，用他丰富多彩的青春世界，对生活的意义做了正能量的追问，这是一位多么了不起的青年啊！在他安静的外表下蕴藏着一颗多么炽热而宽阔的心！这种追问我们是否似曾相识：从屈原《天问》始，一口气对天地人生自然社会问了170多个问题，到张若虚《春江花月夜》“江月何年初照人”，再到苏东坡《水调歌头》“明月几时有”……

狄更斯说“这是一个最好的时代，也是一个最坏的时代”。我们物质空前繁荣，衣食无忧，表面上一派欣欣向荣，然而我们扪心自问，我们的时代是否哲学贫乏，美学不振？是否人文精神缺失，世风不古？是否汲汲于名利，鄙俗于虚荣攀比？所幸，我们生活在田园，我们的师生尚能细心感受梭罗笔下瓦尔登湖的宁静与多情，尚能大声吟诵华兹华斯诗中自然的绮丽与绚烂，尚能传神表演莎士比亚著作中的爱情与执着，尚能实地观赏合欢树枝平整伸展如母亲的爱抚与鼓励。于是，凌姗珊在这里讲述了《我所认识的这个世界》，张亦霜在这里热情地《微笑着面对阳光》，金城安在这里发现《见山还是山》，张振贤在这里听见《花开的声音》。如今马锡尔也从这里出发，书写《诗意栖居的青春》。他们让你我重新回到诗意栖居的大地上，拒绝浮躁堕落，拒绝思想退化；看到明月松间照，看到清泉石上流；感悟真情优雅，感悟宁静自然。

同学们，我希望看到更多真情的心迹。相信更多同学会拿起你的笔或敲击你的键盘，描画出你青春时代的书生意气，敲击出你黄金岁月的心跳节律。静坐于柔软的季节里，时间在指尖流淌，我们一起静听蝉鸣，淡赏花香。一份心愿在窗前落下，一份记忆刻在书页里。

以此为序，与诸君共勉。

2015年6月

目　录

三、看最好的别人

四、无法囚禁的羽翼

五、做最好的自己

六、不放弃也是一种方法

七、消磨的时间可以证明一切

八、还未到达的地方叫远方

一、故事开始的地方

踏着清晨的阳光，穿过浓密的树荫，我们来到精致多彩的田园，歌舞着我们的青春。田园到家，家到田园；田园如家，家如田园。两点一线之间，有很多方式完成这一段单调的路途，简单者计算着简单的步子，丰富者测量着丰富的距离。有那么几个人，远近不是距离，举手投足皆波澜，咫尺天涯长相忆，嬉笑怒骂起涟漪；有那么一个地方，大小不是边际，小桥流水皆成趣，朝霞夕阳常相守，春夏秋冬景时新。这里让你拥有了曼妙的回忆，这里让你拥有了神伤的烦忧——这里是你身的家园，亦是你心的家园。

春季绽放的田园之樱

春季，无论在什么地方都会让人感到心情舒适，如果有满院栽的樱花可供洗净眼球就更棒了。

一说到樱花，大部分人第一反应就是日本东京，但要知道樱花是起源于中国的。据《樱大鉴》佐证，樱花原产于喜马拉雅山脉，于中国已有2000多年的栽培历史，是盛唐万国来朝时期被日本朝拜者连同茶道、服饰等一同带回东瀛的。

白居易诗云："小园新种红樱树，闲绕花枝便当游。"漫步于三月的田园中学，不忍心地踏在樱花花瓣铺就的行道上，一股沁人心脾的感觉油然而生。田园中学本就于闹中取静，是百花争艳的宝地，在春眠不觉晓的三月悄悄发出娇嫩的声音时也勾绘了一幅田园春景图。百花之中，有人喜爱一碧染朝霞的红叶李，有人喜爱用柔美姿态陶醉的油菜花，有人喜爱错季绽放的紫玉兰，而我偏偏沉醉于那自认为美到极点的白中透粉的樱花之下。也许就像陶渊明独爱菊、周敦颐独爱莲一样，我与樱花有着共同期望的东西，并且已沉迷于樱花的热烈、纯洁。

田园的樱花树高约五米，花朵有五枚花瓣，品种偏向于染井吉野樱，刚绽放时映入眼帘的是醒目的淡红色，而在完全盛开后逐渐转为白色。看着一簇簇乳白中夹杂着几丝淡粉的樱花，花蕊中又带着那么点儿柔软的黄，不禁令人遐思不已。

可惜天公不作美，这赏樱的季节同样也是细雨纷纷的时节。飘飘洒洒的雨点淋湿了地面，淋湿了我，淋湿了樱花，本来触手可得的气息现在被打了个没影儿，眼睛也开始沉重得难以睁开。我寻思着就此离去，虽有些不舍，但是还没等我转身，不知是什么又将我的感觉牵引了回去。等我再睁开眼的时候，那花上的泥点不见了，取而代之的是如梦境一般粉而不庸的樱花雨，似被彩霞染红，又在翩翩起舞的飘落间比雪更白、更美、更香，莫不是仙女在人世间散花？

一阵清风吹来，樱花拒绝了树枝的挽留，随风而去。漫天遍地都熏染着樱花的烂漫，一股甜美的气息从羞涩花蕊之中大肆地渗透到周遭的空气里。如此看来，这三月的雨不仅没有毁了赏樱之人心神舒畅、悠然忘归的好心情，更像是为这樱花卸去了浓妆，使得我能够看到它那份素颜之美，以及蕊中吐香的内在美。

我真该庆幸这是适宜于樱花的三月雨，若是下起了粗犷不定的六月的雨，那这樱花树必是要被吹得哗哗地响，如若树上还能挂得住几朵樱花已是万幸了，又何谈将灵魂寄托其中呢。

雨渐渐停了，只剩下风肆意地吹过我的脸颊，看着樱花被摧残得损了近半，难免为其感到惋惜。但是再仔细看看，这不也是一种美吗？虽然樱花不如松树一般能扛风抗雨，可也正是出于这份娇弱才使樱花展现出了它自身的零落之美。

樱花的花语是“生命补充”，即向往一种精神美的境界，这点与田园中学的办学理念如出一辙。同样是遵循美的教育，以美育花，以美育人，活就要活得像樱花一样灿烂，学习也要像樱花一样不污不染。这种干脆而有滋有味的崇尚美的教育，是樱花的特征，是田园的标杆，亦是我们每一位田园学子所需要秉持的理念。

风停云散，此刻出奇地宁静、平和，一场纷纷扬扬的花仙子的舞蹈就此谢幕。我这时的心境就如同雨后的樱花，没有了沉重的负担，身处热闹的人群之外只为这樱花的别调。当这田园的三月再来之际，我将再次与你把酒言欢！

田园：故事开始的地方

一

初入高中学堂时一切都感觉那么陌生：不熟悉的人，不熟悉的环境，甚至才开始一点点了解不熟悉的自己。

记得刚入校军训的时候，站在我们大家面前的是一位彬彬有礼而活力四射的老师——沈佳新老师。他是在高中阶段伴随我们时间最长的老师，也是我们的班主任兼英语老师。

在军训时沈老师给我留下的第一印象是可亲可敬的，有别于那种老气横秋、严厉苛刻的学究似的老师。

一回到课堂，沈老师马上像变了个人似的严肃，认真，他还调侃我们说："如果我不是你们的老师，说不定我们还能成为朋友。"

不过，事实上我们已经是朋友了，课堂上我们一起为了学习而努力，课堂下我们以篮球、羽毛球等消遣娱乐，营造了一个欣欣向荣的大家庭。

一开始的时候我们都把各自的个性藏着掖着，本性自然更是不敢流露，但时间长了，沈老师也就知道我们每个人大概是个什么模样了。他说他希望我们将自己的特长发挥到极致，除了学习外在其他方面也要尽情施展自己的才能，但不能操之过急，无论什么知识都是靠慢慢积累而增长的，不可能在一日之间墨水满肚。只要我们坚持不懈地积攒，终有一日会有所大成。

作为英语老师，沈老师还要求我们学习地道的英语，他认为学一门异国语言是为了应用，如果不能说别人听得懂的语言又有什么意义。沈老师没有对我们高谈英语的重要性，相比之下他更热爱汉语，在教导我们学习英语的同时他也不时告诫我们语言对于民族文化的重要性。在他口中，学习异国语言的能力是很有必要的，但不可崇洋媚外而忘了本，国学终究是我们的根。

二

进入高中后学习了诸多佳作名篇，其中令我最为记忆深刻的当属沈从文的《边城》了。

祖父对翠翠的爱无私、博大，为了她，祖父忧心忡忡，甚至可以舍弃自己所拥有的一切。同样，母亲对翠翠的爱使她自己勇气倍增，跨越了生与死的抉择。这种美好的感情贮满了翠翠的心灵，使她在亲情中成长，收获爱的果实。

“人生是花，而亲情是花蜜。”祖父对翠翠百般呵护、千依百顺，生怕自己离世后翠翠不知如何是好。祖父教导翠翠要硬扎一点、结实一点，即使是一个人也要坚强地活下去。他不希望翠翠失去他这唯一的亲人后再次成为孤苦伶仃的孩子。

看到这里，我已不忍再翻页，泪珠开始打转了。

依稀记得，当我还不会走路，在床上乱爬的时候，奶奶时常逗我玩乐，后来，妈妈告诉我，我的笑声是奶奶最大的满足。长大些，每每放学回家，银杏树下总少不了奶奶的守望，她拿着蒲扇边走边扇的背影我至今仍记忆犹新，也许就是这给予了我一路走来的安全感。

我之所以对《边城》一文情有独钟，就是因为它真切地贴近着我的生活，不只是家人的亲情，而且高中班级里的每一分子之间也已贯穿了以爱为核心的依托之情，就像之前所说的，我们是一个大集体，一个大家庭。并且，只要爱还弥漫在世界中，这份亲情便永远不会败落。

三

“我做得还不够好，尽一切努力帮助你们，这是我的责任所在。”这是我们的语文罗老师常挂在嘴上的一句话。有时这些话语不会明白地摆在你面前，甚至表达的方式让你感到太过严厉苛刻，但有一点你必须明白，那些都是老师爱的体现。

在我们刚入校时，罗月华老师留给我们的印象就是一位渗透着文学气息的才女，加上从前的艺术熏陶，这样一位能歌、能唱、能写、能演的语文老师绝对是不可多得的良师益友。日子久了，我们与罗老师的关系也是十分亲密，在上课之余罗老师会谈及身边趣事或是时事新闻，尤其从自身的教育经验以及自己儿子的高考经历中为我们分析如今的高考形式让我们受益匪浅。

高一的一次考试中，我们班的语文成绩一路跌到了谷底，虽不至于是倒数，但对我们的打击着实不小。当时我们所有人都盯着自己的试卷一言不发，听着罗老师渐行渐近的脚步声，教室里的气氛异常凝重。而她走上讲台后，一句不提考试成绩怎么样，先是感谢我们这段时间与她的配合，然后说她绝不相信这就是我们的真实水平，我们起码没有做到最好。随后，她让我们抬头看电脑。我们以为终究逃不过批评的洗礼，可当看到电脑上由四个醒目大字组成的标题后，我们都止不住落泪了。

标题是“我很无能”，下面是长长的文字，是她熬夜写出来的教学反思。她说没有教不好的学生，她会一直尝试着寻找最适合我们的教学方法并加以改进提升。

罗老师啊，您可曾知道，那一夜我们中有多少人暗自哭泣，又有多少人立下了决不再输给自己的誓言。

罗老师，在这里说一声谢谢，感谢您为了我们每一位的不求回报的辛劳付出；罗老师，在这里说一声抱歉，致歉我们久久未能理解您的初心，未能像您体谅我们一样体谅您；罗老师，在这里说一声不打紧，我们会上来，一定会上来，因为再也没有了输的理由；罗老师，在这里提前说一声对不起，从前隐隐的伤痛希望您不再介怀，将来的坎还需我们一起跨过，而我也不会让这句话成为前行的负担。

罗老师，实际上大家都知道，您明知故问后恍然大悟的表情是为了给我们信心，您的顿挫语调下还饱含着一颗爱生如子的心。据我看，您只有在一件事情上“无能”，那就是没有轻言放弃的能力。

四

致田园高中我的恩师、益友、朋友们——

1

首先，发自肺腑地感谢老师们的栽培和教育，在此郑重地道一声谢谢。不知道我在老师的心中是什么样子的，不过老师在我心中的那份美丽是任凭风烛成灰也不会改变的，虽知道一声道谢远不足以回馈老师的指引与教诲，但是在这里我还是要说一声谢谢。

在所有的老师中，您对我分外关心，对我的生活、学习可以用“关怀备至”形容。是您用青春的光鲜照亮了我人生的道路，是您和风细雨般的话语激励着在学习下游跌打滚爬的我，是您坚定的眼神和坚毅的面容涤荡了我对未来的迷茫，缓缓地、渐渐地，从前分岔的目标合成了一条，决绝而坚韧。

还记得您上课最大的特点就是耗粉笔，为了让后面的同学看得清楚，您总是很用力地写，而您的皮肤又干燥，拿粉笔的手指开裂是常有的事，更不要提老茧了。我们中有人灵机一动，提出了一个建议，于是一个又一个粉笔套在我们手中诞生，看着您上课拿起粉笔时的微微一笑，我们别提有多开心了。

然后就是那一天，我一直不想再回忆起的一天，您的腿摔伤了。一直爽朗、急性子、实干主义者的您开始用拐杖支撑着自己一步步艰难地前进。我们当时真的都不知道怎么办了，我们从来没想过若是与您分开的日子要怎么过，但是第二天您从医院回来了，您还是放不下我们，放不下我们这些时常给您添麻烦却时时刻刻依附着您、离不开您的孩子们。您坚持每天来上课，看着您行走不便的身影，我们就每天轮着背您往返教室。当您趴在我背上时，我真切地感受到了您对我们爱的深沉，您一点儿也不沉，沉的是那份为人师表的责任心以及那为了我们而坚强战斗下去的勇敢的心。我小心而稳当地背着您，您不时对我说一句："辛苦了，我怪沉的吧。"可是，老师啊，那沉甸甸的不是您压在我身上的重量，而是您对我们每一个学生的深深关怀之心。

老师，再次表达我的满腔感激之情，我不是您最好的学生，但您一直是我最敬重的老师。

2

记得在懂事后哭得最伤心的一次，就是与昔日伙伴们分离的那天。我那时最不明白的就是为什么要分离，好不容易聚到一起还相处得那么好，所有对高中新生活的憧憬与幻想都淹没在了涕泣声中。

怀着一颗既憧憬又有些畏惧的心踏入了高中的校门，原本偏内向的我在这片陌生面前变得不知所措。但这充斥着动人心魄旋律的地方不会让你一直哑口，太阳渐渐升起，雾渐渐地变淡了，大家彼此之间三言两语地牵起了友谊的桥梁。

实际上想想，所有人都是这么过来的，别人也刚刚离开了原有的伙伴，正在寻找新的朋友。有的人交朋友很快，因为他们很会搭话。遇到陌生人感到不亲近是正常的，人家说什么你只管搭上去，就算说错了也没关系，这样会让人觉得你这个人是蛮好相处的。如果是闷葫芦一个，别人对你说什么你也不理不睬，那在交友这条路上注定是要吃亏的。而当时我也不知道是哪来的勇气，竟主动上去找人开了个话题，后来还聊得火热，看来这一步棋走得挺漂亮。

父亲对我说过一句话："在外面要多交朋友，各行各业、形形色色的都要交，能信任的朋友要多，但知心朋友一个就够了。"我万万没想到的是，在高中能够有这么多陪伴我一路走来的挚友，并且我的知心朋友还不止一个，都在我的身边伴我一起成长。

在忙碌交织的岁月里，我能得到你们的这份情谊，真心说一声谢谢，是你们让我明白我们彼此从未分开过，是你们让我知道幸福的突如其来和弥足珍贵，是你们让我的心中有了丝丝真情的飘拂。打一声招呼，对视一个微笑，冷不丁想起化风化雨的牵挂，我们因为有缘而结识，又因为志趣相投而交好，你们走进我生命的空当，填充了我生活的空缺。一路上有你，真好。

无论将来如何，无论我们将何去何从，我都感谢你们出现在我人生的道路上，使我能带着笑容入眠。等到了我们也要分离的时候，我已经懂得名为兄弟的契约——但哭还是要的。

3

朋友可以是范围最广的社会群体，真正的朋友与你默默相对又息息相通，这种关系会产生出人生最大的快乐。而与朋友交好的原则全都唱在了周华健和臧天朔各自的一首《朋友》中。"一句话一辈子，一生情一杯酒。"这些年的梦想，这些年的伤痛，在你我心中。这些年我们不再是一个人，风雨中兼程，犯过错误，也洒下了无数泪水，但我们坚持的不曾改变，再难也不会放弃，再远也不感到寂寞。"朋友啊朋友，你可曾想起了我，如果你正承受不幸，请你告诉我。"再亲密的朋友也终有离别的时候，但无论如何也不要忘记了你们彼此曾经的依靠。

我们正处在一个人一生中的最好年华，有无穷无尽的青春活力，有不可思议的梦想可以追寻，有领悟后不用悔恨的特权，有将失败看作常态的觉悟，更有朋友们相伴在身旁。我们无需理由地拥抱，不明所以地流泪，无所顾忌地吹嘘着引人发笑的无稽之谈，却只有自己和贴心的朋友才知道那些都是真的。

人生就是这样，全力以赴后就了无遗憾，是成是败都听天由命。如果怕了，就输了。朋友一生一起走，无所谓痛哭流涕，无所谓傻笑不止，失望与绝望都会习以为常，只有那一声朋友不会忘记。

我在高中的一位朋友对我说他是多么向往《速度与激情》中的生活，朋友进化成了家人，有泪也潇洒，有伤更痛快。实际上，我们都粗识了人间色相，都醉过，都堕落过，也都迷茫过，无助过，但在田园这个大家庭中，我们再次昂首挺胸地抱成一团，自得其乐地为了心之所向而努力。

感谢我在高中遇到的每一位朋友，你们帮了我很多，很多，这无形中给予了我巨大的动力，真的谢谢你们，我会珍惜与你们相处的每一分钟，绝不会等到这些日子不再有的时候再追悔莫及。任时间再磨砺个二十年，任昙花铁树一掬冷灰，任诗笺飘落于梧桐之间，对于我们来说，朋友，这是我们共同的名字。

思想，哲理，我的田园

在生命的长河中追求不朽的我们，同样也是上下而求索的路人，每一个路人都有自己生命的存在语言，或洒脱，或拘谨，无不是荆棘满地中的一缕斜晖，无不是我们生命中不可或缺的内容。而田园高中的每一位学子也都有着自己引以为傲的语言，这种语言能神奇地唤醒奄奄一息的枯木，也给予悲哀的喘息者、无望的叫嚣者、伤痕累累的逃避者一丝新的慰藉，以一种新的生命形态来呐喊，来继续追寻，来成为一个有价值的人。这正是田园的哲理，是田园人的思想，下面，我就来分享一下田园处世的金玉良言。

——生活中，当我们不被别人看好时，不要怨天尤人，而是要不断充实自己，完善自己，时间决不会让任何有价值的东西被埋没。

——任何成就都不会毫无道理地横空出世，唯有以坚持的汗水来换取。

——要对自己有耐心，只要未向时间低过头，青春就是不朽的。

——在我们停滞不前的时候，我们必须反思自己，是不是需要改变我们旧的思想、旧的习惯？此时，唯有改变，才能使自己获得重生的希望。改变是痛苦的，但改变也是必需的。通过改变获得重生后的我们一定能领悟到生命新的长度和高度。

——生活中不被人认可时，要学会忍耐，学会让自己变得更坚强，默默努力。让自己变得更强是对嘲笑者的最好回礼。

——切勿急功近利而吃大亏，切勿 事无成而苦苦等待，人性的贪婪会蒙蔽我们的双眼，但我们也可以借助它来成为我们前行的动力，张弛有度的人生才是我们所应该推崇的。

——在属于自己的舞台上辛勤耕种，脚踏实地，一步一个脚印地走下去。生活再平淡，也要尽量充实地过着。

——人是相互关联的，分享不但不会让自己处于劣势，反而能互利互惠，让自己保持优势。

——面对挫折不放弃，这份不放弃即是一个人成功不可缺少的重要因素。

——有些事情不是看到希望才会坚持，而是坚持了才会看到希望。

——我们每个人都是社会人，每个人都不是独立存在的，我们所做的事总会直接或间接地影响到彼此，遇事推己及人，多为别人着想，勿使人处于两难境地，或许就是在给自己行方便。

——有多深的根基，就能筑多高的墙。

——完成梦想，不一定非得要冷酷地厮杀和欺诈，有时只要你拥有一颗爱人之心就可以了。

——永远不忘自己的初心。热爱学习的精神就如同太阳照常升起一般不会改变；追求人生的价值，实现人生的价值，起码不输了自己。

田园采风

相信田园的每一位都知道在田园有“四个一百”之说，即一百幅名画赏析，一百首流行歌曲学唱，一百篇人文经典阅读，一百首古典奏鸣曲谛听。从舒伯特的《鳟鱼五重奏》到贝多芬的《F小调前奏曲》，从起伏爽朗且极富乡土气息的《紫竹调》到诗意又柔美的小提琴协奏曲《梁祝》，估计少有哪个学校拥有如此典雅优美的上下课铃声。

跟随巨匠们明朗靓丽、短促优美的音乐步入教学楼，映入眼帘的第一幅画是《蒙娜丽莎的微笑》；再往前走，一路上可以观赏到百幅世界名画；楼梯口与教室旁还有老师、学生各自的作品，身在其中，宛如身处一座艺术学院之中。

在艺术中修身养性，以美为教学宗旨，田园渗透出来的艺术风吹荡起了学子们眺望远方、逐鹿争雄的信心，让思想随着思考飘到了更远的岸边。

田园尊崇的是陶行知和蔡元培的思想，坚信每一位田园的子女都抱有赤子之忱，都有自己的发展空间。为此，田园甘当骆驼，“驮”着我们进行理论与精神上的探索，十余年如一日矢志不渝，只为了看到我们每一位学子绽放各自精彩的炫丽时刻。

在以教学助国、育人、育才理念的基础上，田园还继承了鹤卿先生新颖而不拘一格的教学模式，重视人格的培养，提倡美育引领、健康教育。有别于过往的呆板僵化，田园独树一帜的以学生为本的兼容并包式教育受到了教育界的大力支持，也着实为我们的发展提供了更大的空间。

一位异国友人在我校进行文化交流时曾说：“田园高中是一所别开生面的学校，这样美的教学我从未见过，它传承了中国的教育理念……到了田园总能发现自己原来还有如此卓越的地方。”是啊！这种经营幸福的美育就是田园文化风的最佳体现，是使美的意象通往实体世界的桥梁。

在田园听到最多也是对我影响最大的一句话是“看最好的别人，做最好的自己”。我真正履行这句话来帮助自己树立人生抱负，既不是出于恩师的一席清谈，也非亲友燃眉相助中得来的释然，而是在我身边一位平时看着吊儿郎当、一副玩世不恭样子的同学的影响下逐渐成形的。

在一次平平常常的课堂上，他被问及梦想是什么。出乎我意料的是他一改往日嬉皮笑脸、油嘴滑舌的形象，取而代之的是异常端庄认真的言辞：“我要超越莎士比亚成为世界第一的大文豪。”我都不敢相信这话是出自他的口中。

教室里的同学都笑了，我也不例外，空气中夹杂的嘈杂声与喧哗声此起彼伏，但他却没有丝毫退缩，又发话说：“没有经历过的人又有什么权利对我的梦想评头论足？即便是噩运缠身我也要殊死搏斗，即便是阻挠百般我也要如履平地，即便是悱恻难安我也要追风逐雨，即便是再难，再难，也用不着别人来决定我的命运，因为一个男人的梦想立下了就是一辈子的事。总归要有人去尝试，如果没人敢，那我就来做那个领头羊，因此，因此……不要指望我会轻言放弃！”他说到最后一句话的时候哽咽了，但身板依旧是挺得那么直，就像他坚不可摧的话语一般。

笑声比刚才小了许多，此刻的我是一丁点儿也笑不出来。我从来不敢说出自己的梦想，甚至不敢对自己袒露，我怕那会显得太得意忘形了。但是他却没有这份顾虑，他那斩钉截铁的语言正是我所缺少的。

“好了，安静，任何人的梦想都是容不得别人嘲笑的。我希望你能实现自己的梦想，请坐下。”不知为何，明明紧张的不应该是我，可当他坐下时我才松了一口气。

或许我那时看到的就是他最好的一面。当一个人为了梦想而爆发得牙痒痒的时候，就可能呈现出他最优秀的一面。而我接下来要做的就是去设法成为最好的自己。田园是多少人为了梦想拼搏的渡口，田园人为了理想事业而孤注一掷的风格会随着“看最好，做最好”的品质无限发扬光大。

田园人有三“争”和三“不争”，争生存的机会，争超越的余地，争骨子里的一口气；不争熏心的功利，不争位次的先后，不争虚假的浮名。我们的每一天都在胜负中度过，一切都以竞争的形式出现，不管是注重形式还是注重结果，存在于我们周遭的那些有形无形的竞争感与不想将就、不肯屈就的意识总会左右我们的意志。人生就是这样严峻，你若懈怠，便要落后。

我们每个人都要尽最大努力，争取最大限度地实现个人价值。作为学生，我们要摆正自己的位置，努力拼搏，为了理想而奋斗。该争的争，不该争的不争，不符实的名与不该得的利益宁可舍弃，捍卫尊严与荣耀的底线一定要坚持，这样我们的人生才会充实而又快乐。

无畏的争斗有时并不是最可贵的，为了前行的信念而奋斗的精神才应该是我们要秉持的，而且上天并不允许我们丧失奋斗意识。我们每个人都有自己的专业，每天不断奋斗为了在竞争中取胜也是事实，与其说为了不败给对手而奋斗，不如说至少不能输给自己。这便是田园最具魅力的精神，是田园的准则，更成为了田园人的习惯。

父辈与我

在稚嫩的心房刚开始怦怦跳动时，我可曾听到那来自外面世界的呼唤？在第一次牙牙学语喊出称呼的时候，我可曾知道那意味着什么？在最后一次看着父辈诀别的背影时，我可曾深知父辈的心意？我不只一次地问过自己，我真正了解他们的深沉与隐痛吗？

在我正式步入社会之前，父母抚我，养我，育我；在我与父母眼中的我擦肩而过之后，他们忍我，批我，严我；而当我无论是为了梦想或是生活奋斗之际，他们赞我，助我；在我误入歧途乃至无路可退的时候，他们仍爱我，不忘我。这就是父母，也是我们最好的老师。我们大部分的言行举止都是跟父辈学的，父辈的处事细节往往决定了我们日后生活的质量。

父辈名正言顺地担当了传达知识、规矩的监管人，或许父辈的所作所为与他们的教导截然不同，或许连他们自己都不是一个好学生，但起码他们是个好老师。最基础的教育是父辈给的，父辈是最严厉的法官，在父辈的期望中，人们一代更比一代强。

父辈最大的优点是孜孜不倦地教会我们所需要知道的一切，关于生存，关于道义，关于礼节，但同时，过分地要求子女光大门庭的思想是他们最大的缺点。“父子无隔宿之仇”，无论父辈怎样为你植下沿着锁链前进的阴影，即使是扼杀了你的自由发展，也决不会让你与父辈之间形同陌路，产生芥蒂。有时，父辈说的不一定全是对的，你可以不听他们的，但你不能把他们拒之千里，就算是再糙的话，或许也有正确的地方。

现在的一些孩子，比起和父辈相处的时间，与祖父辈的交往可能要更多，也更喜欢和祖父母“套近乎”。为什么会出现这种隔代亲的现象呢？中国有一句古话叫“一代人管一代人”，祖父母自然会对自己的宝贝孙子孙女十分溺爱，甚至放纵他们为所欲为，当然这个“欲”也得有个限度，不成体统可不行。相比之下，父辈对孩子的管教却要严厉得多。孩子可不傻，看看这言听计从、百依百顺的慈爱，再看看那规规矩矩、大眼瞪小眼的严爱，不用说也是及时行乐的好。

但是你千万不要因为父辈的严苛就责怪他们，觉得他们是在故意刁难你，说不准他们当年那会儿也是跟祖父辈这么过来的。随着我们年龄的增长，特别是到了叛逆的阶段，和父辈斗嘴或直截了当地反抗父辈都是常有的事。这时，父母要是敢执行家法，孩子一般要找祖父母在背后撑腰，看着自己的父辈搂着自己的孩子，父母想必是下不了手的。

对于一个做父母的人来说，他们对你的爱绝对是关怀备至的。你对他们的冷漠往往会令他们不知所措，他们希望你能为他们争光，但不仅仅是为此而传授你美德，他们也希望自己在丧失矍铄的精神前看着你踏上充满机遇的大道。

只要你的父辈还在，你就永远长不大，因为在他们眼里，即使你已经身强力壮、发育完全，并有着稳重的外表和炯炯的目光，你还是他们的小孩子，他们永远也长不大的孩子。他们希望能够以看待一个孩子的视角来更多、更长时间地保护你，就算他们连看你都要仰头，连帮你提包都会青筋暴起，他们还是想帮你，只因为你被他们归类于保护伞下的绝对珍贵领域。你应该去帮助他们，但如果他们多次斩钉截铁地强调不用，就不要强求了，别让他们感觉自己老了、没用了，那是父辈的尊严。

父辈应该是我们的朋友，而且是更先进的朋友，这先进之处就在于他们更能宽容你、体谅你，毕竟骨子里的脾性是一样的。与其推测父辈的狭隘鄙陋，不如去尝试着信任自己的父辈，相信他们有着和你一样的自尊和荣誉感。

你若安好，便是晴天

——谨以此文献给我永远敬爱的当初的那个人

天放晴了，阳光普照大地，融化了数十年的冰川，化作流水淌入了人们心田，化作刀子割破了黎明的序曲，化作一颗颗小小的星辰守望在遥远的一方。

你我两肩相齐，行走在遍地红花之上，我挥手示意你离开，你却几番不舍，好像就算再僵持一小会儿也会让你心满意足。我告诫你，你已经长大，你终将有一片你自己的天，在那里，你会遇到一群肯守护你并且值得你依赖的伙伴。他们是形形色色的人，性格与习惯也必然会有所差异。也许他们没有你想象中的那么完美，但请相信他们是爱你的。如果你能够遇上这样的伙伴，那么你是幸运的；如果你从未遇上过，也请不要气馁，在浩瀚的人生旅途上，总有一颗星是为你而闪耀的，总有一群人是为了等候你的出现而存在的。不过你要切记一点，千万不要错过他们，一旦他们出现了，万万不能质疑自己的眼光。

你渐渐走远，时不时回头望我一眼。我故作冷漠，心中却百般纠结。我的这一步是对是错，无从得知，但不管怎样我只想要你好好的。青年人是时候该出去闯一闯了，外面的世界花枝招展，你的脚步与思想都不应局限于此。在你这个年纪，心要放得高一点儿，但不能高傲；手要伸得低一点儿，但不能低落。高，是要你站得高，看得远，对世俗的理解更深刻一些；低，是要你做人低调一点。心放得高才能让你敢于拥有这个年龄应有的梦想，手伸得低才能抓住你想要的东西。首先，你要有一个高调的梦想，然后，低调处事可以助你达成它，甚至超越它。不过，若是想要做到这一切的一切，你必须先迈出脚下的这一步，这也是我催促你离开的根本原因。

是对是错？这所有的一切只能用时间来证明。正因为如此，我一直等待着、等待着，我相信你早晚有一天会一鸣惊人、展翅高飞。你不会是一个人，就如之前所说的，总有一些人会鼓舞你，会帮到你。追随他们，跟上他们，与他们一起前行，不离不弃，到最后你会发现，从一开始，你们便是相互依存的，谁也离不开谁，或许在他们眼中还是你引领着他们前行的呢！

你现在沉默着，除了那些爱你的人，没有谁主观上多看你一眼。但长时间的沉默之后，应该是爆发，这爆发不是非理性的蛮横，而是在铆足了劲之后对准一个方向的冲刺。我至今坚信不渝，你决不是一个甘于沉默一生的人，你将散发出无与伦比的光芒，你将让自己都为之震撼。

不要太过注重外界的变化，毕竟天地间没有亘古不变的东西，你也无时无刻不在变化；也不要太过迁就自己，过度的任性只会让你丧失本性。但同时，千万要多关心一下自己，我只想要你好好的。

今夕何年不打紧，千金散尽复来还；覆水东流又何妨，且啸且吟且徐行。

我不就是你吗？当初的那个人又何尝不是我呢？

你若安好，便是晴天。

时代·家庭·我

时代在不断地变化，也可以说是变革或进化，而家庭也在消磨着、增长着、吸收着、变化着。我们呢，每天都与自己相伴，看不出多大变化，但不可否认，我们已深深地被前两者甚至更多的事物所影响。

时代带动家庭，如车轮般越滚越顺滑。黄金时代一去不复返，因为在崭新的时代中黄金已不再那么价值连城。过渡时期的时代就像一个滚轴，而家庭就如同那滚轴中的一粒粒小珠子，在时代与时代的磨合中，家庭不断地受到摩擦，却也变得更加适合于生存于这个时代。一个新时代的到来往往会伴随着新的语言、新的法律、新的思想，家庭也不得不对其妥协，因为他们的生活与此紧密相连，但无论时代如何变迁，改变不了的是一个家庭的荣誉、原则与信仰。

书籍是家庭与时代的呼吸系统。每一个时代都有一本或几本属于它的书，而要了解一个时代，最好的方法便是从书入手。若是想要灵活运用新时代的产物，就得去看说明书；若是想要不以身试法，最起码得粗略地了解现时的法律。若是一个家庭想要更好地融入当今时代之中，就必须要读书。

家庭联系着我，如千万根纽带越缠越紧实。说实在话，时代的变迁无法改变，而我呢，只能坚持着走下去，不许停也不能回头。在这条路上我不会孤单，有一股无形的力量会支撑着我，那便是我的家庭，他们永远跟我站在同一条战线，他们能够助我渡过难关。时代被拉长了，我与家庭的距离却缩短了，我迷失在时代这个无比巨大的黑洞中，尽管如此，我依旧能看得到家人的笑脸，我不再彷徨，我的家庭已将黑洞照得光亮。

交流是我与家庭的内分泌系统。也许我会一时跟不上时代的脚步，但不要紧，家庭会一直等着我，直到我与他们站到同一高度。任何一个时代都无法阻止相互之间的交流。去交流吧，与家人交流，与家庭交流，与时代交流。交流可化不可能为可能，即便语种不通、方式各异，也去尝试着敞开心扉吧，哪怕只是区区一个眼神也好。

我引领着时代，如同地平线上远行的船只，越看越模糊。还未到达的地方叫远方；我到达远方，却向往着更遥远的地方，在那里将留下我迈向新时代的脚印。标志时代的最灵敏的晴雨表是青年人，我们是新时代的代表，亦是新时代的希望，我们所背负的是名为“时代”的这个大包袱，并且我们无法将其卸下。不知道为了什么而被召集在一起的青年人啊，共同举起时代的包袱吧，那里面有多少代人的心血结晶，那是先辈们为我们留下的最来之不易的甘果。站起来吧，青年人，去迎接新时代的曙光，只有青年人能够打开那扇名为“禁锢”的大门，即我们的大门。

科学是时代与我的精神系统。青年时代太放纵就会失去心灵的滋润，太节制就会变成死脑筋。在时代中我们不断地塑造性格。为了日后长远的发展考虑，我们必须科学地与时代相处，当然竞争也是必不可少的，敢于和时代竞争是一件好事。科学发展观不仅适用于时代，更适用于我们，健康地、合理地、符合规律地成长才是这个时代所需要的。个时代的发展不仅需要肥料和养分，更需要栽种者的细心和栽培物的配合。切记，时代不是用来控制我们的，而是由我们来全权主宰的。

无论时代如何起落，无论家庭是兴是衰，无论我将何去何从，有一点永远都不会变，那就是：我便是时代的一部分，我与家庭无法割舍，在时代背后你已无法找到我和我的家庭，若是真想找我的话，那先走到时代长廊的前面再说吧。

二、沙海中望见菩提

中华文化博大精深，难以驾驭。于是历代先贤不断把文化具象化，化成深刻于我们心间的烙着华夏鲜明印记的一个个美好意象：竹做的席子，蒲葵扇的风，闲敲的棋子，跌落的灯花，黄梅的时节，家家门前的积雨，荷叶上的露珠，庭阶前的苔痕……于是，一个田园高中的学子也把文化具象化，化成他视界之内的意象：浪尖上的上海，儒家经典的管见，魔幻无穷的魅力语言和汉字，他所了解的戏剧鼓乐……愚钝者在花团锦簇间不闻清香，敏锐者于一片沙海中也望见菩提。

秦始皇和孔子

秦始皇和孔子是中国历史上享有声望的两个人物，一个是首次完成统一中国大业的千古一帝，一个是释义天下的儒家宗师。原本两人既非处同一时代，又不是一类人，看似无法相提并论，但是论及其对中国的贡献，则同是前无古人的，各领千秋。

先说孔子。如今孔子学院在世界各地开班，可谓是将中华千年的积淀向外传播，让中国的语言更加广为流传。对于一个国家的文化来说，影响最大的就是语言，当他乡人民津津乐道地谈论着中华语言时，我们国人也会因此而心生悸动，压抑不住我们那份对中华的归属之情。而孔子担任了传播中华传统文化的形象大使，代表了中国的积淀深厚的文化形象。也只有这位学而不厌、诲人不倦的坦荡荡的“至圣”，才足以担此大任。正如英国历史学家汤恩比博士所说，孔子及其儒家思想是拯救21世纪的重要因素之一。

孔子在世时被誉为“天纵之圣”，学富五车却敢于向辩日的两小儿承认学无止境，师人长技还善于向地位低下的人不耻下问，热爱山水更突破了对自然山水宗教式的态度。这位读书至韦编三绝、教学崇有教无类、治人讲心悦诚服、做事尚欲速不达的至圣先师，有如光芒闪耀的星辰般，作为全世界各民族的光荣而存在着。

可是在打倒帝国主义的革命时期，孔子却成为被革命的对象。为了追求民主和科学，当时大力引入德先生和赛先生，孔先生成了封建思想的代名词，成了人们所排斥的对象。不过，这依然改变不了孔子对中国后世教育的影响，孔子个别思想与现实社会的格格不入只是短时间的，毕竟不能够用这个时期的眼光来看待另一个时期的思想。伟人永远是伟人，孔子永远是孔子，不合时宜总会过去，精神思想的张力是无与伦比的。

再说秦始皇，他在历史发展过程中的进步作用是首先要肯定的，可后世给他的基本上都是骂名，为什么呢？人们看到了他丧失进取精神、纨绔暴政的一面，看到了他残酷地压迫人民、耽于求仙问法的一面，就连修建万里长城这等恢弘之举，都会在民间与孟姜女哭倒长城的故事相提并论。如此一来，暴君的头衔可以说是稳稳地戴在了秦始皇的头上。欲戴王冠，必承其重，吞并六国苦的是老百姓，猛于虎的苛政苦的是老百姓，开疆拓土苦的是老百姓，奢侈生活苦的也是老百姓，故而后来的起义谋反都被称作正义之举，而秦始皇尽失民心导致了秦朝最终的灭亡。

秦始皇失志，失民心至失天下而换取了骂名无疑，但是其本身的历史功绩是任何一个皇帝都无可比拟的。可以说秦始皇是最残暴的皇帝，也是最有作为的皇帝，他使中国进入了中央集权制的时代，统一了文字、货币、度量衡等，形成了“车同轨，书同文”的局面。可这些都是建立在弱肉强食的基础上的，被老百姓所反感是必然的。

佛教有言：“我不入地狱，谁入地狱。”一个国家是需要团结统一的，而这个过程是极具艰辛、不易的，要做那个开天辟地的人，无可避免要受到世人的争议。然而，秦始皇敢去做这个“恶人”，在万夫所指的情况下，用其雄才伟略奠定了帝国精彩的开始。

秦始皇信奉法家，在他眼中儒家思想只适合安定时期守成治国，不适用于当时强则为王的社会。他认为孔子只是“纸上谈兵”，不具实干，而孔子的很多思想更是和秦朝的政策相矛盾，于是乎就有了对于儒家打击颇大的焚书坑儒。

毛泽东在一次接见外宾时曾说：“孔夫子有些好处，但也不是很好的。我们应该讲句公道话，秦始皇比孔子伟大得多！孔夫子是讲空话，秦始皇是第一个把中国统一起来的人物，过去的封建君主还没有第二个超过他的。可是被人骂了几千年。”可见，这位再次统一中国的伟人十分理解秦始皇的作为，对他遗留下的积极影响也是一一肯定。鲁迅先生也为秦始皇感到冤枉，他提出秦始皇的吃亏是在二世而亡，所有人都替新主子去讲他的坏话，把所有的过失全部推给了秦始皇。

孔子作为中国文化形象的代表实至名归，功德传至四海，儒学思想敲醒了沉醉于黄土下的争鸣，无愧于万世师表。但要究其伟业，无人能与秦始皇比肩而立。

上善若水

水善于帮助万物并且不与它们相争，水甘心处在众人所讨厌的低洼地方，水流动起来最为柔软而前进起来却能攻克最坚硬的东西，水无时无刻不在改变形态又无时无刻不坚守着自己的方向，水洗净了一切的芳华却带着污浊一起流亡，水不拒绝任何滴露并视四海为己出，水上不达天、下不覆地却融天地万物于一身，水与万物不争又与万物共存于无形之中——所以水最接近“道”的本质，水便是至高仁善的象征。

“居善地。”居处要像水那样安心于卑下的位置，不企图鹤立鸡群、心高气傲，只求陋室独乐。固然，一个不想当将军的士兵不是好士兵，但换一个角度想想，正因为你现在还是一个士兵，你才有更多的机会亲历战场、展现自我。每一个将军都是从士兵走过来的，你想要成为将军，而将军向往着更高的职位，无休止的欲望，将人们装满的水滴滴洒洒地清空，却也给了人们极大的动力去追求更高远的远方。有时，何不尝试着放下世俗的争逐与钩心斗角，好好地在眼下的这片土地上慢慢地走一会儿呢？感受过这份清新与舒坦，当年老时回顾自己所经历的路程，才不会发现其实什么都没有实实在在地存在过。就这样以等待为借口拖延着吧，就这样低着头独自思考一会吧，就这样继续游荡吧，哪怕再有一刻、一秒也好，安心地，快乐地，只要能够腾出手来抓住你真的很想要拥有的东西，其他的都无所谓了。

“心善渊。”存心要像水那样深沉，不用深不见底，不用沉若泰山，只求用心磨砺出略过浮躁的稳健。如果说斗志是愈燃愈烈的圣火，那心就是愈淌愈深的善水。生活中琐碎的经历，心头入木三分的印记，仓皇失态后的再度坚挺，不加年限的磨炼淬励，云遮雾挡中的不断穿越，跨越花开花谢的不灭记忆，欲罢不能的嘴角上扬，生如夏花死如秋叶的山盟海誓，以及那最平凡不过的你自己，就是这样一点一点地成就着深沉。

“与善仁。”交友要像水那样相亲，没有永远的如影随形，只有不变的已逝去的美好往事。要交一个朋友容易，只要你主动寻他搭话；要交一个好朋友也方便，只要你让他看见你的热情真切；要交一个同心同德的好友，却着实不易。同德难，人都有各自的信仰或信奉的事物，即使有着相同的信仰也可能会因理解不同而产生分歧。如今每个人都有选择信仰的权利，也就说明大家对“德”的理解不尽相同。同德难，同心就更难了，知人知面不知心，人心远比天网要复杂得多。但也不必因此而害怕以至于不敢交友，只要你对别人真诚相待，别人必然也会对你坦诚交心。如果别人与你交谈时讲起了一些和你的思想道德相违背的话，是可以温和地讨论的。

“言善信。”言语要像水那样真诚，话中不带刺，语里不中伤，言中不捉弄。真诚不必多说，就一句话：以真待人，得人以诚；以真处事，则事必成；以真寻欢，而乐自来；以真言表，其心也善。

“正善治。”为政要像水那样有条有理，不慌不忙，稳中求胜。为事要有条不紊，我们现在做的一切，都是过去思想的结果，所以要做好一件事，首先一定要做好相应的准备，一开始就做好准备才能井井有条地完成任务。为人也不能杂乱无章、七颠八倒，自己打败自己的次数远远多于别人打败你的次数。没有合理地安排好一切，就等同于将自己的弱点不遮不掩地暴露在敌人面前，这当然是不可取的。话说人定胜天，那也得先“定”了才能胜啊。为事、为人都这般，就更不要说为政这头等大事了。

“事善能。”办事要像水那样无所不能，无所谓大小，无所谓轻重，重要的是你能否做到。学知识要全面一点，了解事物也要具体一点，多一门手艺就多一条出路，不怕用不上，只怕要用的时候你不会。“书到用时方恨少，事非经过不知难。”假若你真正掌握了别人所不会的本领，那么再难的事到你手上也会迎刃而解了。不要说这些你做不到，不要说这些学了有什么用，你不用证明你比别人懂得多，也不必刻意证明你比别人强得多，消磨的时间可以证明一切，你只要暗暗自豪就好了。

“动善时。”行为要像水那样待机而动，不鸣则已，鸣必惊人。有如射箭，箭待在弦上的时间总比射出去的时间要长。鲁莽地前进只会让你不得不倒退回原点，而这已浪费了你最大的时间和精力。沉住气，不动声色地等待猎物的到来，为了收获，又有什么是不值得的呢?

像水一样，心存一份卑微之心。生活中有着必不可少的忠言逆耳，也有着更多的好言相劝。学会抛砖引玉，懂得蛰伏待机，你就会明白，如何去做一个佼佼者。

神鞭

戏曲是中国重要的文化遗产之一，而戏曲乐队就肩负着能否使戏曲脍炙人口的重任。乐队中包含了许多中国民族乐器，如笙、琵琶、二胡、鼓……只有将每一种乐器的声音融合，粗中捡细，才能让其焕发出新的光彩。

司鼓是戏曲乐队的指挥，其职能就是对舞台节奏进行掌握，是舞台节奏的支配者。司鼓的节奏必须与舞台上人物的动作情节相吻合，带领并结合整个乐队的进程，突显音乐的合拍性与渲染力度。在文武场的戏份中司鼓即核心，不仅是营造出更好气氛的关键，更为可贵的是，他主宰了剧情和人物的内在意境，把戏推向高潮。在一些火爆的打斗场面或一些大快人心的判决场面中，若是没有了司鼓的打击乐，就缺乏了戏曲的神韵，少了一点儿戏味儿。

戏曲分传统戏和现代戏，其不同之处不仅仅是衣着、伴奏、历史环境等的变化，对于鼓师的要求也是不一样的。现代戏在创作过程中打破了传统戏的程式化，拥有较快的拍子来紧跟节奏和剧情的发展。所以现代戏中司鼓的打击乐便不能照搬传统戏曲中的创作方法，要恰当地运用调子，领导全乐队的紧慢、发收、暴缓、促顿。由此，台上靠戏子，台下靠司鼓，司鼓在部分乡里乡间也被传颂为神鞭，掌握着乐队的进程，引领乐队达到最好的艺术效果。

人是理性的动物，人对美感的追求也是很科学的，而戏曲便符合了这种科学定律。优美的戏曲旋律像是一种数据，需要欣赏者的运算，需要神鞭的遥控。如果没有神鞭的奉献精神，就会造成美学错位，从而让我们难以接受乐曲。我们要做一个全面发展的人，一方面是理性，另一方面是情感，理性下面涵盖着情感，而情感有时会包庇理性。神鞭准确无误地对剧目中的启、承、转、合进行阶段性的扩展和烘托，会点燃人类丰富深邃的理性，使之与戏曲情节合二为一，让人们仿佛身临其境，亲身感受到了那窦娥苦、包公正、关公忠、霸王雄等。领先于其他乐者的思考能力，确实是对司鼓者的一大严峻考验。

由于戏曲中司鼓这个专业比较独特，司鼓也享有“半个导演”的美称，无疑是戏曲演奏中的关键支撑点。虽然司鼓这个职业无缘于梅花奖等的评选，但其不可替代性是无法否认的。民族戏曲既需要继承和发扬，又容不得一成不变，改变传统表现形式，将其进一步妙用，或许能够呈现出更为微妙的艺术效果。神鞭是一个乐队的灵魂，他塑造了传统艺术的新起点，吸收内部行当之间的灵感与精髓，可当之无愧地被我们称之为“梅花香自苦寒来”的无冕之王。

浪尖上的都市——上海

传说中有一块出淤泥而不染的宝地，她山清水秀、风情万种，在她上面孕育出了万千生命；她是文明的结晶，更是人情的汇聚；她地居大海之滨，她处于浪尖风口独自行走，她，就是上海。

她渴望爱情，位于祖国的边缘却时刻爱着祖国；她兼具西方的洋气开放，也不失华夏的传统保守。她经历千般挫折，逆行于巨浪之上从未退缩，硝烟和炮火未能彻底打垮她，她一再跌倒、一再站起，红色的战旗飘荡在上空毫不动摇，她终将被海浪冲向高处，立于巅峰。

上海地处长江入海口，东临东海，南濒杭州湾，混合了江南吴越风气和各地移民风格，因其独特的海派文化，又被称为“东方巴黎”。在上海外滩，黄浦江西岸的万国建筑群与周围的摩天大楼相得益彰，霓虹璀璨的都市景色中不失浓厚的乡土风情。上海有如穿行于无垠大海上的“乘风破浪号”，有如大卫魔术中的奇迹，有如在荷马的史诗中唱诵世界的童谣，有如希区柯克的艺术般给人留下了悬念，让人们永远也猜不透、想不到下一秒会走向何方。上海有如浪尖上的一个童话，又如一个传奇，一个骄傲，一个继承，使世界各地的友人都来感叹她的迷人！

上海是浪尖上的一块宝玉，在海浪波涛中见证历史。因为处于浪尖，上海能够站得高看得远，矗立于世界的前沿，以先人一步的眼光看待时代的发展；也因为处于浪尖，上海的沙滩上少了鸦片，换来了一群陌生的渡船，第一次的红色革命旗帜在上海崭露头角，这个“冒险家的乐园”转变成了进军爱国主义精神的“五四同仁的战场”。上海这个浪尖上的都市，不仅拥有浪尖难得一见的景色，更满怀浪尖上的精神，无论是鲁迅、朱自清等大家身在异乡同为国的抱负，还是学生、工人和各界人士的匹夫有责的情怀，无不彰显了上海誓将爱国者的信念进行到底的决心。

她是上海，她是我们的家，她有着浪尖上所有的特质——即便粉身碎骨也绝不屈风就势，即便翻江倒海也要与祖国母亲心心相连；前仆后继总有浪尖下的血液在流淌，惊涛拍岸荡涤了志诚热血中的土与尘。得以细嗅上海的浪味，相信就算是心有猛虎之人，也只会感叹一句：“幸甚至哉。”

说起上海都市的熙熙攘攘，有一个人便不得不提，那就是汤恩伯。当时汤恩伯驻守上海，眼看大势已去，打算用事先准备好的炸药炸了上海，宁为玉碎不为瓦全。可最后，他没有这么做。是啊，换作是你，又怎忍心在自己的家园大肆喧哗、乱轰乱炸。亏得汤恩伯这一理智的做法，才不至于让上海这块美丽的净土满目疮痍、遍地狼藉。

汤恩伯做梦也不会想到，他当年一念之间救下的这座城市，今日竟会如此的繁华昌盛、人丁兴旺。上海确实是一个值得托付终身的地方，她用生命书写的序曲，是你永远都无法想象、无可比拟的。

上海是多少英豪的诞生地，是多少尖端科技的产地，又是多少追梦人的港湾。多少人带着满腔抱负来到上海，在这里，他们不愁壮志难酬，更不必担心没有发展的空间。诸多文人雅士齐聚于此，都带着各自的梦想。多一份梦想就多一份力，力多了，就能拧成一股劲，使上海固若金汤、无懈可击。

永处高处着实不易，而上海能够稳住脚跟便是因为有情作为根基，有人作为栋梁，有水能够支撑，有岸能够依靠，有千千万万的梦想可以无限延伸。正因为这些，上海才能够在浪尖上自由驰骋。

数字趣说

最适合爱情的数字是1。

爱情永不是一条平坦的道路，其中的苦和乐只有当局者知道。在爱情还未转变为婚姻之前，那数字还能由你掌控，而当爱情成为婚姻之后，那数字最好是1。爱情绝不局限于犯犯花痴、滚滚床单、如痴如醉互相渴望，爱情是一个平台，你要清楚地明白为什么在那么多形形色色的人之中，唯有那人与你站在了一起。爱情是需要专一的，在结婚之前是需要认真思考的，必先经过时间这个魔鬼的考验，最终才小心翼翼地走近它。一旦爱情成形了，你就要对其负责，不断地往爱情的火焰上浇油，让它不得熄灭。也许有人认为孩子是爱情的产物，而在有了孩子之后，这个数字就变成了2或者更多。但这个想法是错误的，孩子与你之间的牵绊又怎么能叫爱情呢，甚至基本上所有和你有血缘关系的人与你之间的情感都不叫爱情。孩子长大以后也会遇到自己的爱情，当然那个数字也应当是1，而你要做的便是追求并紧握你的那个1，海枯石烂谈不上，但共渡几十载春秋是必要的。

最适合办事的数字是3。

从大仲马的《三剑客》到《黄金三镖客》再到红火一时的中国喜剧电影《泰囧》，无不是三个人为了到达同一目的地而心怀异志地踏上了旅途。就《黄金三镖客》而言，牛仔布兰迪以正义之名于战乱中随性驰骋，坏人图科生来跌宕又于乱世中选择了别人所不敢走的道路，恶人桑坦萨杀害别人的生命来换取自己生命的残喘。就是这样性格迥异、志趣迥异、刀光剑影的三个人，为了黄金开始了同一旅程，自然他们要寻找的便是黄金，最终一个带着黄金策马奔腾，一个盯着黄金望洋兴叹，一个则长眠于黄金之墓旁。这个世界时常让我们无奈，无论是战争带来的巨大破坏，还是黄金散发出的诱惑，抑或是人与人之间那一场场不公正的对决，都为我们的处事添上了一层又一层的阻隔。既然这样，一个不行两个，两个不行就三个，可再多就不需要了，三个正好。虽说三个和尚没水吃，但只要分工合理、各尽其职，何愁好事不成。

最适合任性的数字是20。

大多数人都会有任性的时候，不一定要有多大的资本，但那些关心你的人和爱自己的你是不可缺失的，不然你任性给谁看呢？趁着稚气未泯的时候，想任性就任性吧，不管你现在有多任性，20年后都将归于平淡的随性。20年是个不短的年头，占据了你人生宝贵的一部分，足以让你暴露出那些风光任性背后的沧桑与硬扛。不是说20年的经历使你更沉稳、更耐得住性子了，而是在20年后，就算你还有足够的资本，也不足以撑起往昔那段狂傲的年华。20岁是个任性的好岁数，还可以任性20年，用20年的时间来尘封煞气与寂寥的苦闷，用20年的时间来弥补魂魄与枷锁的缺失，用20年的时间来逃脱宿命与图腾的脉络，用20年的时间来更改桑田与沧海的潇潇，用20年的时间来遮蔽棱角与锋芒的毕露，用20年的时间来鼓足勇气面对阴霾与霞光的点缀。

最适合救赎的数字是无以计数。

灵魂只有在刚降临和将逝去的时候是最纯净的。最初，你的灵魂没有接受过尘念与欲望的洗礼，也未受到离别与愁怒的相交，是最干净的、未入污泥也未染的。而当你走到人生尽头的时候，你的灵魂会得到救赎，就如同最初给你的一样。上天给予你的救赎是不可计数的，救赎的个数也是不可计数的，上天会给每个人救赎的机会，但只有在你赎罪之后才会得到解救。所以，救赎，看天，也看你，看你是否还希望自己的血液如长江黄河般流淌，灵魂如天上的星辰般永不坠落。肖申克得到的救赎是数不清的，辛德勒的名单是不能用数字衡量的，约翰·拉贝旗帜下解救的灵魂是实实在在的啊！而这些本就是不能用数字计量的。在救赎的道路上，是没有什么数字可以用来诠释其真正含义的，只能用无以计数来暂代其职。

与文化一起消隐

我们无法简单地定义文化，只有在穷尽世间万物的奥秘之后，才得以领略文化本质。文化是什么？文化可曾流传？文化与你是否息息相关？文化在你心中的位置又是如何摆放的？

就如同莎士比亚说的：“在宴席上最让人开胃的就是主人的礼节。”这是文化中文明的体现，也是文化最基本的存在形式。人与走兽最大的区别，便是人会不断地学习先进的生活方式并探求知识。而一个先进的生活方式又怎么离得开文化的交流与传承呢？泰然永远比淫乱要可靠，理智永远比情感要超脱，痛苦永远比安逸要来得容易！文化永远都很脆弱，经不起多大折腾。若要保守这份文化的高度，没有一些奉献和退让是不可能达到的。

如今科幻题材在影视界以及文化界都产生了极大的影响力，早些年许多无稽的幻想现在都得以实现，而现在人们已开始幻想更无稽的远方了。“科幻”大致可解释为具有一定科学性的幻想，所以我相信，电影、书籍上不可思议的一幕幕场景早晚将由我们亲身经历。谈到科学，毋庸置疑，已成为现代社会进步的主流，是人们思想与梦想的结晶。再来说“幻”，这就得提一笔中国古代的玄学了，天地万物皆以无为本，玄学总的来说就是跳出传统的思维方式来重新铸建精神家园。这是精神思想上的创新与反思，而“幻”则更深一步地遐想，可称为梦境中的哲学世界。科幻既有人们所熟知的或未知的科学技术，又有人们所渴望的虚拟情景世界，所以受到了人们心灵和视觉上的双重喜爱。

这些都说明人的思想是可塑的，但还缺少一条拉动的纽带。人们常将出淤泥而不染视作圣洁，将德行视作幸福之泉，将灵魂视作力量与生机，将尊严与荣誉视作健全的生命，却也常让趣味遭致堕落，让道德遭致败坏，让善良与高尚遭致苦难，让生存的装饰遭致格格不入的碰触与冲击。老天似乎总喜欢和你对着干，不代表这是老天的霸道，也不能说是你的过错，因为老天将文化赐予了你，又嫉妒你将其发扬得太过光大。文化就像一个调皮的孩子，东西方在碰撞，古往今来在对峙；时间的流转与万物的轮回不是它的天敌，但人类却能将它消磨殆尽。文化总是喜欢隐藏自己的气息，但是你绝不能让它在你的眼皮子底下凭空消失。

你有限的一生被无限的束缚困扰着，终有一日，将无人为你指路。等到了那时，就看你是选择冲开这份束缚来探求真正的自我，还是选择与你那尚未定位的毫无边际的文化一起消隐。

有过生死离别才更懂得珍惜，有过爱恨纠葛才更懂得人生，到过紧要关头才更懂得轻重。同样，你的文化并不代表你的城府有多深，只是表明了你对自己认识的程度。如果你选择与文化一起消隐，只能说明你对文化的认识还不够深切，因为你不知道那真正的文化绝不会平白无故地消失隐秘，而你就更谈不上与之一起了。

既然如此，就别为了那摸不着头脑的退路发愁！着眼于当下，无需活在别人的文化中。每个人都应该走自己坚持的道路，即使模糊不清，即使风雨交加，也先走下去再说吧，因为在那对面是正好属于你的真真切切的文化。或许你不曾深入地去探寻过它，但你必须清楚地看着它，它会保护你，会接纳你，会改变你，也会决定你的高度，决定你的心之所向。

别老想着这个世界能为你做些什么，要想想你能为这个世界做点什么。世界给你的已经够多了，告诉你文化的所在就是其中之一；而保持着一颗拥有梦想的心就是找到文化本质的途径。想做什么就去做吧，不要违背自己的良心，不要泯灭自己的人性，为了那初心所向的地方，拼尽全力，趁还来得及的时候。即便是跪倒在追梦的路上，不也很令人羡慕吗？因为，至少文化与你，都未曾消磨隐藏半分。

扬我国学心，振我中华情

以修身养性诠释身心，以优良传统诠释孝悌，以品读国学诠释中华。

——题记

国学是我们中华民族文化的结晶，是我国与外部交流的重要渠道，亦是我们中华儿女世世代代相融的集合体。它象征着中华民族源远流长的历史、川流不息的勃勃生机、博大精深的智慧以及勇往直前、坚持不懈的民族精神。高尔基说：“读书是人类进步的阶梯。”对中国人来说，国学尤为重要，只有接续国学的薪火，才能使中华民族在历史及将来的舞台上熠熠生辉。

良药苦口利于病，忠言逆耳利于行。《史记》可谓是中华国学的代表作，对现今的生活有深远的影响。它让我们穿越时光隧道，体悟经典的智慧。中国古代唐朝年间，有一位直言进谏的良臣叫魏征。开国初年，唐太宗提出百年兴国之策，众臣连声叫好，可魏征却对皇上的政策提出了异议，他主张宜快不宜慢，宜急不宜缓，事在人为，只要有心，一年便可成事。几经波折后，唐太宗听取了魏征的劝谏。所谓“精诚所至，金石为开”，果真如魏征所言，不到两年唐朝便形成了贞观之治的局面。

我们如今正值风华正茂、挥斥方遒的读书年龄，冰心有言：“读书好，好读书，读好书。”我们应当将中华“良药苦口利于病，忠言逆耳利于行”的优良传统传承下去，如先辈一般置身于君子之地，善于听取逆耳忠言，助我们前进于荆棘之中。忠言逆耳，却能实实在在地帮助我们，我们应该多听取身边人的劝告，并依此来不断改进自己、完善自我。忠言就如同大雪中的一车炭，赐予我们来之不易的温暖；忠言就如同天空中最璀璨明亮的北极星，让我们永远不会迷失自我；忠言就如同远航中的灯塔，在雾霾中为我们指明前行的方向。良药苦口，但只有在饱经风霜后，才能苦尽甘来；忠言逆耳，但只有听取他人善意的劝告，才能使我们离成功的距离更近一步。忠言使我们的生命更加完整，善于听取忠告，可以让我们明确人生的航向，少走弯路，在漫漫旅途中前行、收获。让我们聆听他人的忠告，感谢给予我们忠告的人，在“敏而好学，不耻下问”的精神中成长。

“人之一生如负重远行，不可急于求成。”品读国学之路更是一个漫长的旅途，国学的丰富内涵使我们的人生更加精彩，使我们的旅途更加有趣，使我们在旅途上忘我前行。

有一种爱国精神，叫作“天下兴亡，匹夫有责”；有一种大无畏胸怀，叫作“先天下之忧而忧，后天下之乐而乐”；更有一种浩然正气，叫作“富贵不能淫，贫贱不能移，威武不能屈”。这些先辈们遗留下的精神品质都在国学中被发掘出来。国学是我们中华民族精神风貌的集中体现，它继承了中华民族悠久的历史与优良的传统。品读国学经典，我们可以感悟先人自强不息的开拓创新精神；品读国学经典，我们可以感悟中华厚德载物的博大胸怀；品读国学经典，我们还可以感悟“良药苦口利于病，忠言逆耳利于行”的优良传统。

国学承载着中华五千多年的历史积淀和文化内涵，品读国学能让我们明白良药的难得、忠言的可贵，唯有采纳忠言并备好良药才能为我们将来的人生打好基础。古人云：“活到老，学到老。”只要我们的生命还在继续，我们便有责任将这一部部展示着中华峥嵘岁月的国学传承下去，让更多八九点钟的太阳感受国学的美好。

三、看最好的别人

看最好的别人，做最好的自己。你是谁，便遇见谁；遇见谁，你便是谁。从一个人的相知相遇相交的对象中，可以看出他的品位层次，他的志趣喜好。他们可以是为民请命的人，可以是舍身求法的人；他们也可以是小桥流水的人，可以是卿卿我我的人。亦坚硬亦柔软，刚柔并济，和谐就好。马锡尔的“名人堂”中，有诺贝尔文学奖获得者加西亚·马尔克斯和硬汉海明威，有中国古典文学泰斗苏轼，有现代文学主将郁达夫，有体育、电影、音乐等领域元老级大腕乔丹、小罗伯特·唐尼、迈克尔·杰克逊。他涉猎的宽度、爱好的品位，可见一斑。

灵魂永不停歇

——致已逝的加西亚·马尔克斯

我们一生下来，离死亡就只有一席之隔，还存活在这世上是因为尚未完成某些事情，而灵魂又将何去何从？实际上，我们早已为灵魂买好了一张永久车票，并登上了那辆永无终点的火车。在马尔克斯老爷子的脑海中，死亡是抽象的，每个人都害怕死亡，害怕再也无法留在这尘世，但他在生命的最后一刻仍旧向往未来，因为他明白自己的躯体已经枯萎、腐朽、走不动了，不过他灵魂的火车尚未到站。

于墨西哥执笔从文

马尔克斯生于马格达莱纳省阿拉卡塔卡镇，自小在祖父家长大，祖父母对他的文化教育为他以后的写作铺下了坚实的道路。祖父去世后，他的童年便一去不复返了。

马尔克斯分别在哥伦比亚及欧洲等地担任过记者，后因工作需要，迁居于墨西哥，从此开始了他长达一生的文学之旅。如果说哥伦比亚是马尔克斯生命的起源，那么墨西哥便是他正式踏足文坛之地。在这片宝地上，马尔克斯尝试写作，失败无数，思绪万千，声名鹊起，最终也把灵魂寄存在了这里。

1976年，《百年孤独》出版，轰动一时，这也成为了马尔克斯获得诺贝尔文学奖的基础。有人说假使《百年孤独》不是在墨西哥所写，会大有不同。确实，哥伦比亚为其提供了故事背景，马尔克斯更是将在墨西哥的所见所闻融入书中，使其更富魔幻色彩。

马尔克斯被誉为“哥伦比亚的莎士比亚”，不仅是因为他将魔幻现实主义书写得淋漓尽致，更源于他书中所展现的一种不听天由命的精神。也许，相比莎士比亚，他少了一份盎然的诗意与情感；也许，相比拜伦，他少了一份独领风骚的气质；也许，相比与他有过一面之缘的海明威，他少了一份硬汉形象。但这些都不重要，马尔克斯就是马尔克斯，他已经在这个时代永远地留下了他的身影。

放弃是什么，我不知道

马尔克斯在《百年孤独》中有言：“即使以为自己的感情已经干涸得无法给予，也总会有一个时刻、一样东西能拨动心灵深处的弦。我们毕竟不是生来就享受孤独的。”马尔克斯的一生可谓坎坷，可谓艰辛，也可谓幸运。正如他所言，没有人生来就是孤独的，也没有人生来就是失败的。我们要选择的不是何时失败，或是如何躲避失败，而是要思考失败后要做什么。马尔克斯历经风雨，终于走上自己的人生大道，这条路注定会有失败，且失败次数无疑多于成功的次数，我不知道马尔克斯当时的抉择是什么，但我知道一点，那就是他没有选择放弃。

1955年，马尔克斯被迫离开哥伦比亚，原因是他连载的文章揭露了被政府美化的海难的真相。落魄漂泊到欧洲的马尔克斯没有因此萎靡不振，却借此大好良机考察欧洲各地，为他以后的文学生涯增添了阅历。

放弃是什么，我不知道。既然踩在脚下的是山，挡在前面的也是山，那又有什么迈不过的坎、跨不过的沟呢？只要心中有着前进的方向与动力，就算是再高大的山、再险峻的坡也会变为我们脚下的平地。

就像马尔克斯一样，我们应当把每一次的困难与挫折看成是对自己的磨砺，唯有不断地面对磨砺，攻克磨砺，人生才会变得更加强大，永主沉浮。

与时间赛跑的马尔克斯

马尔克斯的一生都在与时间赛跑，直至生命的最后一刻。以上帝的钟表来看，他输了这场比赛，并且从一开始就没有赢的希望。不过每个硬币都有正反两面，以他自己的钟表来看，他是一个佼佼者，他将自己的一生燃烧得辉煌灿烂。

“无论走到哪里，都应该记住，过去都是假的，回忆是一条没有尽头的路，一切以往的春天都不复存在，就连那最坚韧而又狂乱的爱情，归根结底也不过是一种转瞬即逝的现实。”马尔克斯是这样说的，也是这样做的，所以在起跑时他便占尽了先机。他从不为过往的云烟忏悔或懊恼，他的视线比一般人看得更远，因为他把余光都集中成为一点，只向前看，永不回顾。

马尔克斯的去世是否代表着一个时代的结束？不！恰恰相反，它预示着一个新时代的开始。这场与时间的赛跑不是他一个人在孤独地战斗着，这是一场接力跑，马尔克斯早已将接力棒传递给了更多的人，跑向更远的地方。

最后，再次引用马尔克斯的一句话：“我去旅行，是因为我决定了要去，并不是因为对风景的兴趣。”就是这样，认定了一件事就要全心全意地完成它。马尔克斯不是拈花惹草的凡夫俗子，他生如夏花，死如秋叶，灵魂永不停歇，永远立于不败之地。

面具下的硬汉情怀

每个人都有各自独立的控制系统，控制着自己的言行、举止以及挂在脸上的表情。按理来说，似乎越老成，这种控制的能力也就越强，但也不尽然。路遥知马力是必然，日久见人心却说不大准，得看这久的程度了，就算足够久了，可人心会变，人家刻意想掩藏的，你刨根问底也没用。

说到控制力，控制心情可谓是难上加难，因为有时心情根本不由你掌控，“不以物喜，不以己悲”，又有几人能做到。愤怒是敌，痛伤是敌，此点切记，但也不要为了控制情绪的力所不及而感到恐惧。你不一定要一下子转变你负面的情绪，这不是常人所能做到的，你可以为它戴上一张面具，以此来稍作过渡，以假乱真。

这张面具大多数时间是用来给别人看的，有多少学子求学在外往往是报喜不报忧，又有多少人在身患绝症的亲人面前依然面露笑容，这是一种欺骗，更是一种善意的谎言，或许这违背了你内心情绪化的共鸣，却是此时保护你至爱之人的最好方法。有些痛苦可以挂在脸上让人知晓，而有些只能埋在心底独自承受，偏偏是那些令人痛入骨髓又不能轻易挥之而去的苦果更需要我们将它咽在肚子里，用另一副面容取而代之。不把喜怒形色挂在脸上着实不易，但如果你做到了，说明你已经成熟了，懂得去关注身边的人。人生坎坷，有过七情六欲才不枉活一辈子，但你也不妨换一种形式来表达心情。喜不自禁的时候可以欢笑，得意忘形的时候可以微笑，痛心疾首的时候可以苦笑，闷闷不乐的时候可以傻笑，黯然销魂的时候可以痴笑，可以说“笑”就是这张面具的代名词。

戴上这张面具，除了你，没有人能看到这张面具下真正的表情，而你要做的便是戴好这张面具，不露蛛丝马迹。整天摆着一副臭脸没人喜欢看，为了你所关心的人，让他们永远看到你好的一面，而不是将畸形的情绪展现给他们。这是一种伪装，也是一种凛然，也许与冷酷无情的硬汉形象背道而驰，但又何尝不是另一别具风味的硬汉情怀呢？

硬汉海明威曾置身一战前线，作为一名输送人员，身负两百多片弹片，却硬是将意大利伤兵拖至安全区，实不愧其勇敢勋章。相对来说，他救的是伤员，他当时也是伤员，身上的伤可能不比那人轻多少，但他非常清楚自己应该干什么，所以没来得及顾及其他的。海明威的刚硬与责任感形成了一张面具，忽视了枪林弹雨的咆哮，忍受了皮开肉绽的痛楚，跨越了尸横遍野的战场，眼中只有那素不相识的战友，并看见了自己不为人知的强大与果敢。作为一个目睹了残酷战争的记者，作为一个亲身经历小说情节的作家，作为一个诠释美利坚民族精神丰碑的英雄，更作为一个目光远大、以硬汉形象周旋于文坛和战场的男人，他将生命的精华献给了笔杆子，将生命最后一刻的光辉献给了枪杆子。

海明威背负的东西太过沉重，其笔杆子下的东西比枪杆子更能感染人们，所以在他解除自己紧张状态的时候选择让枪杆子伴随他的离去，而留下笔杆子作为迷惘一代的里程碑。

海明威的面具不是用来遮掩其自身不足的，也不是为了突显其硬汉形象的，这张面具戴久了，与他便是一体的了。所谓的硬汉不是指海明威的风光事迹，不是指海明威的精神塑造，也不是指海明威的性格特征，而是指面具下的那个活生生的海明威本人，那个相信太阳会照常升起的、追问丧钟为谁而鸣的、始终坚持着冰山原则的硬汉。

同是美国的一位让海明威赞不绝口的作家马克·吐温曾坦言："拿破仑和海伦·凯勒是19世纪两个最杰出的人物。拿破仑试图用武力征服世界，他失败了；海伦·凯勒用笔征服世界，她成功了。"拿破仑为何失败我不知道，但海伦·凯勒的成功是源于其身残志坚、巾帼不让须眉的硬汉情怀。

海伦·凯勒出生不到六个月就能清楚地说出几个单词的发音，这无疑让家人为她感到骄傲和高兴，可也许这过早得来的才能具有极大的危险性。万万没想到，在她十九个月的时候，一场猩红热夺去了她的一切——她的视觉，她的听觉，以及她那所有先人一步的才干。

海伦·凯勒赢在了起跑线上，可第二步就摔倒了，但她以后的进程仍是未知数，目前应当庆幸的是她没有摔倒在终点线前。

安妮·莎莉文，这个人可以说是改变了海伦的一生。另一件应当庆幸的事是海伦的家人并没有放弃她，为她请来了一位家庭教师——安妮，试图让她重获生机。或许就是这份不离不弃，致使海伦在日后的人生中以爱看待一切，勇敢接受生命的挑战并追随着心中的光明。

王介甫认为，一个人的成功需要外力的辅助。而安妮就是海伦的外力，她首先纠正了海伦父母那种用以赏代罚的宠溺行为来改变海伦的躁动脾气的做法，虽然艰辛，却打开了她与海伦交流的一扇门，也只有安妮这种老师能够使海伦在黑暗中得到救赎。

安妮用独特的爱的教育方式打通了海伦的声带，同时也打通了海伦的心与外界交流的通道。有谁能想到，这样的跌宕起伏，这样的暗黑无际，这样的大落大起，竟能成就如此一位心灵上和教育上的演说家。

天赋变成累赘又怎样，羽翼变成包袱又怎样，步履踉跄变成寸步难行又怎样，就算是曾经的繁华大千与优柔挽歌都已消逝，那些儿时懵懂与片刻期望都已无法重拾，海伦·凯勒依然用心灵谱写出了比明眼人更具色彩的人生之路，用灵魂歌颂出了比能言人更响亮高亢的远征序曲，用生命的罗盘扭转出了比有声人更流畅的人生画面！她以不屈不挠的硬汉情怀在刀尖上行走，即使稍有不慎受力不均就会割伤了脚，感觉到了那钻心的痛，海伦·凯勒也不会收回那伸出去的脚。

说到硬汉，大家首先想到的可能是兰博、T-800等典型的硬汉形象，一个是不老不变的脸上永远挂着铁色的老牌汉子，另一个是肌肉包着铁骨的世界先生。这两个深入人心的硬汉形象是由铮铮铁骨换来的，而在内心，他们也戴着一张面具，一个在面具上留下了第一滴血，另一个是面具下的终结者。同样，他们戴上了这张面具，以这张面具来勉励自己披荆前行。

岁月的流逝只会损伤硬汉的肌肉，却不会消磨硬汉的意志；身体和心灵的伤疤只会徒增硬汉的本色，却不会影响硬汉的气质；戴着的面具只会保护硬汉的决心不随风尘而流亡、不与刻板去对抗、不叫风烛应残年，却不会加重其迈出去的步子。

海明威说："我们花了两年学会说话，却要花上六十年来学会闭嘴。"看来，六十年远不够让一个硬汉闭嘴，即便是他用猎枪了结自己生命的时候。而对于用了六个月就会说话的海伦·凯勒，即使是病魔也未能让她闭嘴，她用生命演奏的序曲又有什么能够比拟？有人说海明威一生所犯的最大错误就是抄捷径回家，而又有什么能够比海明威的离去更好地使迷失的人们睁开眼睛？有人说海伦·凯勒是一个乐观主义者，她的自传中也曾说过，如果没有安妮老师这位贵人的相助，她将一事无成。硬汉海明威无需多说，他的笔杆子冲蚀了一切。海伦·凯勒幼时的暴躁脾气，不也是为她日后的硬汉情怀奠定的一种基础吗？如果是一个对生活丧失信心的人，又怎么会为了自己的出错而大发雷霆呢！

面具下的硬汉，面具下的情怀，何以情，何以怀，何以坦然，何以硬扛。生命的交错复杂，人生的耐人寻味，百变不离其宗，又时常夹杂着突如其来的玩笑！你现在还有力气睁开眼，有胆子站在这片土壤上，有空闲去与你爱的人袒露心扉，有一股子劲去追寻你的远方，这不也是一种硬汉之情吗？只是尚需磨炼，只要你愿意。

怀东坡

向倾东坡文才，今吾出户，忽遇大雨，倾盆快哉！雨中踱步，思平生烟雨，残阳斜照，故作此，兼怀苏公。

风吹草影，落木萧萧，日落而月未当空，瑟瑟而山摇云更，眉州眉山眉打尖，手持卷几复思焉。读之而再，再之而三，此其读书之法也。积土成山，积水成渊，不欲速成，锲在不舍，此其读书之道也。无至千里，只观跬步，读而用之，法而效之，以斗米积山，滴水穿石，此其读书之所为也。故，览苏公执笔读书之行，非旦夕之事，亦非旦夕之所能成哉。天下之书，皆有琐简难易，若平心静气，心入其中，自难者亦易矣，切勿读而弃之，乱心动气。凡读书，非顺水推舟。墨潺潺兮入肚，精义自得；杆晃晃兮起坠，曲规中见。吾等风华大好，及苏公之乾坤，尚有余力。

“莫听穿林打叶声，何妨吟啸且徐行。”时雨如挂，同行狼狈，苏公不觉。意不在雨，而在销愁，情不夭伤，唯惧醉醒。一语谁怕，岂不逍遥，岂不豪爽？日月替转，星辰浩荡，实生于世，何虑此身。寻寻觅觅，滚滚江水，愿人长住，独酌杯酒。零零落落，黯黯天蕉，恐堕愁恨，白鸟不归。古今之成大事者，未必皆天设奇才，年少仲永吟诗朗朗，却毁于其不学也。苏公饮酒三两杯，狂放不羁自成文，足落九州书观尽，求学无路自泛舟。想苍生茫茫，天地悠悠，论天涯何处是吾乡，一纸一笔闯天地四方。

昔有苏公亲射虎，立岗不亚少年狂，倾城之恩何以报，北望天狼弓开满。乌台一案未垮之，弃置身矣复来还，何想酒酣民共乐，即落平阳亦自威。此生谁料，亦福亦忧，战至边关，退隐密州。白首回眸，风云千变，虎狼未去，何以塞谏。生而渺茫，死作文忠，此生不换，媚眼盈盈。

“明月几时有？把酒问青天。”潇狂一醉，似胜当年，乘风归去，达旦也哉。月下独酌，肉十斤，酒三杯，孰敢来犯，但侵无妨。铁马冰河望欲穿，几人入得祠庙堂，不知年月不知时，何谓悲欢何谓全。燕雀安晓鸿鹄志，酒饮眼盲心不醉，梦中披甲长鞭扬，载载苍穹比苏公。

9，17，45

北国的秋，去了，又来了。落蕊的秋槐，化凉的秋雨，累累的秋果，哀鸣的秋蝉，都还是曾经那令人看到饱、尝到透、赏玩到十足的情境。九月已是秋季的首映，可惜身在他乡的郁达夫无缘领略这依旧香醇浓烈的秋。

1945年9月17日，郁达夫被日本宪兵秘密杀害于印度尼西亚的苏门答腊，让渴望回故乡再度赏秋的他梦断客乡。而要知道，早在一个月前的8月15日，日本已经无条件投降，这对一位在激流勇进的革命道路上慷慨激昂的先驱者来说是多么的不值。

梧桐一叶而天下知秋，郁文一笔而中华风光。郁达夫是为民族解放殉难的烈士，眼见祖国满目疮痍的他疾声呐喊，荡气回肠终将美丽隽永。

郁达夫用笔参加革命事业的战斗，写下了许多政论文章，用自己热情的声音来鼓舞人们迎接新的社会。可当这一天确实来了的时候，他却走了。为了解放他倾尽一切在所不惜，但新中国成立后的盛世他却无私地让给了其他人。他愤世嫉俗的笔调是他感慨人民受到的悲苦以及尽忠报国的烦恼的真切写照。文学要站在思想的前沿，就需要作者拥有对这个时代的批判性，郁达夫就有这种品质，他力求克服时代的矛盾，把所有的矛头都指向为了民族复兴的强国之路。这是一种精神和思想上的力量，它所产生的力量是枪炮所无法达成的。“怨而不怒”是文艺，“怒不能怨”是人生，“敢怒敢怨”是郁达夫。他的功绩不是一时的，因为思想的力量永远不是一时的，他让人们身处风中而不倒。这力量带来了希望！

郁达夫是爱国人士，这给他刻上了崇高的属性，爱国作为一根精神支柱指引着他的一切作为。他提出中国终有一日会步入“黄金般的日子”，就如北方清秋佳日的果树一样，在成熟了八九分后褪去陈旧的外衣，拭去尘沙灰土，里面是金灿灿的果子，名为解放的果子。

郁达夫偏爱蓝、白色的牵牛花，这可能与他苦闷孤独的情绪有关，不过不可否认，他的生命更接近于红色的牵牛花，就像那一抹被血泊浸染的淡红色。这是革命的颜色，是中国在大风大浪中逐渐成形的色调。骆驼的土黄过于沉闷，浓茶的阴绿过于古典，咖啡的锈色过于洋气，白水的透明又过于乏味，只有那斗牛的红色才足以表达一个斗士的内心。

郁达夫不是马背上的牛仔，更不是任人驱赶的牛虻，他的许多行为受到时代界限和爱国之情的约束，从不曾感受那自由的清新，却也不是能够随便任人蹂躏的，他那一颗坚挺的心从未忘却将解放救国视作心头之事。郁达夫觉得淡红色的牵牛花是最下等的，但就算自己如何地不喜欢，为了国家的事业，他坚持用红色的信念来开辟故都的港湾，就算自己沦为别人口中的下等人。个人爱恋情节是小情，国家存亡荣辱是大义，舍得用小爱换取大爱者，方称英豪。

“在中国文学史上，将永远铭刻着郁达夫的名字；在中国人民反法西斯战争的纪念碑上，也将永远铭刻着郁达夫烈士的名字。”诚哉斯言，郁达夫的一生宛如巨匠的长篇画作，也像一首无韵而风云莫测的绝唱诗歌，书写的是他直率的才情感触，字里行间流露出的是中华民族不屈不挠的魂。

说文，郁达夫不逊色于老舍，其对于北平的眷恋、思念之情也与老舍似乎是如出一辙，这等不谋而合是只属于同是天涯沦落人的爱国贤士的共鸣。说到对革命的贡献，郁达夫在郭沫若之上，郭沫若才高气壮，在新诗作家的行列中更是屈指可数的巨匠，但又有什么能比献出生命的贡献更为可贵的呢？每个人心中都有一个郁达夫，如果在国家用人之际，敢于挖掘世界私密领域的人仍然寥寥，那又何谈保家卫国兴邦。

爱国本就是伟大的，为了爱国而爱国的精神更是神圣而不可侵犯的。郁达夫不仅为了解放的事业舍弃了自己的前途，甚至搭上了自己宝贵的生命，还将自己的灵魂彻头彻尾地灌输到了这红色事业之中，只为点醒掩埋在人们心中的颓废的理智。

1945年9月17日，请记住这一天，记住郁达夫，记住，这是光荣的思想先驱者成功打破压抑中国人民几十载的穹顶后，随之离去的日子。

就是这样

他是人道主义者，他拥护世界和平，他在慈善事业上建功无数，他是全球流行文化的代表人物，他创造并普及了机械舞和太空漫步，他的人生如45度般倾斜——他是迈克尔·杰克逊。

他本不该这样早离开，世界对他的呼唤才刚刚开始。也许是上帝厌烦了天上的寂寥，所以就邀他过去陪着解解闷。也许他已不满足于在人世表演，他要去更遥远的地方一展歌喉。

战栗吧，世界！你们远不知道他有多强

当年迈克尔五兄弟出道的时候，他还只是个初出茅庐的毛头

小子。没有多少人在意他，更别说是猜测到他日后的辉煌。但他那坚定迷人的嗓音早已预示着他将有一番惊人的作为。

世界进入了新纪元，千奇百怪的东西层出不穷。与此同时，一个天籁般的疏远而又熟悉的声音出现在了人们脑海中，这立马成为大家茶余饭后的闲聊话题。这个声音像是能穿透人们的心似的，引领着人们的灵魂逃出躯壳、飞向那比天空更高更远的地方；这个声音像是万马奔腾，来来回回地响彻于耳旁赖着不走；这个声音像是银针和铁杵同时敲打，像是魔龙在狂舞，像是群鸦在鸣唱，像是觥筹交错的热闹场面，像是百万吨的锤击音下仍听得见那尖针落地的声音，异常清澈，异常明了，像是要将大地撕裂，像是在向世界抱不平、向天地呐喊。

他就是这样一个人，他才不甘心屈服于别人的脚下，他全部的梦想都用歌声书写流传了下来。他就是这样一个人，他相信世界是美好的，他相信努力一定会有回报。他就是这样一个人，善于给人们带来惊喜，认定了一件事情便会全心全意地投入其中。他就是这样一个人，他一直在变得更强，一直，一直……永不停息。所有生逢其时的人们啊，请睁大你们的眼睛看着，他将改变一代又一代人的命运，他将不折不扣地主宰万物芳华，他将吹起一阵阵的狂风，他将独领风骚，他将摆脱生命的镣铐，他将用热忱的心创造出史诗般的音乐。他很强，如果连他都不能改变这一切，那么我相信没人可以，起码当时是的。战栗吧，世界！他来了！

也许有人会质疑，不是每个人都拥有像他一样的才华，不是每个人都像他一样在经历艰辛后随即得到的便是成功。那我要告诉你，他也不是随随便便成功的，他吃的苦远比你能想到的要多。你说他是天才，那我再告诉你，你的才华未必就在他之下。如果你说无论如何这都太难了，那么我最后跟你讲一句话，不管成功与否，起码他尝试过了，而你，敢不敢？

向新世界进发，他的矛头已对准了咽喉

“我相信我的作品，就像我说过的一样，我对我的梦想有很强的信心，当我有一个主意的时候，我的意念坚定得就像钢铁一样。”他是一个完美主义者，他希望自己的作品尽善尽美。尽管艺术本身就没有完美之说，他仍旧为了自身的完美而努力着。在如今这个钢铁丛林的社会中，他如钢铁般存在，有着犹如钢铁般的意志力。要问他这块稀世钢材是如何炼成的，也许连他自己都无法准确无误地回答你。

就如同甘地所言：“要想改变世界，先得改变你自己。”迈克尔·杰克逊早已看透了这个世界的真面目，他明白，只有不断地完善自己，才能瞅准时机把一根钢枪笔直地插入钢铁的缝隙。为了迎合这个世界，他将皮肤染成了白色，这是虚假的白色，在它下面严严实实地包裹着的黑色才是上天赐予他最美丽的颜色。这是他下的一步错棋，却也不是他的错，这也是无奈之举。

迈克尔·杰克逊的音乐是为这个时代而生的，那么是这个世界迎合了他的音乐，还是他的音乐引领了新世界？

总之有一点肯定不会错，他的那杆枪已深深地插入新世界，并且与之合二为一了。

他是谁没关系，但请牢牢记住他的声音

迈克尔·杰克逊是一个很性感的人，身材和性格上皆是如此。他从小便喜爱聆听大自然的声音，鸟鸣犬吠雨打墙，风吹叶落影婆娑，这一切都令他为之动容。他打心眼里热衷于任何一处自然的声响。在他看来，他创作音乐的时候便是在制造大自然的复制品。那些我们在户外听到的声音是多么美妙啊！

迈克尔·杰克逊喜欢听水流的声音、动物的叽叽喳喳和人们的笑声，因为这些都是真真正正从自然界中发生的。确实，音乐产生于自然，音乐就是自然，懂得享受自然就能时刻保持快乐，不让任何事情使我们沮丧。别去回想过去的悲痛，活好当下，以前的不管怎么样都已过去。

在迈克尔·杰克逊的房间里，你看不到金片奖，也没有格莱美奖，它们都被安安稳稳地放在仓库里睡大觉。他没有因为这些浮华与荣誉沾沾自满，他说："如果我将奖品都摆在家里，那样我就会觉得没有其他事情可去追求，而这些都不是真实的。"就是这样，名利不过一捧细沙，不要执着于手中抓着的东西不愿撒

手，它只会模糊你的双眼，让你渐渐迷失自我罢了。

他将自己投入到了他的艺术之中。艺术的巅峰是物质与精神相结合的，是人与神的完美结合。他亲身尝试每一个旋律、每一条音轨、每一种声音，或许正是这份为了自己心爱的事业而洒脱挥汗的毅力，才真正体现了艺术的价值所在。

他是谁？日久天长，终有一天，世界可能会忘却他的名字。但重要的是，他的声音已经刻在了我们大家心中，永远无法磨灭。

唯一的歌王，独特的舞王

迈克尔·杰克逊是一个爱孩子的男人，他总喜欢孩子们围绕在他身边，因为这样，他仿佛就找到了那些他从未拥有过的东西。他从小便埋头于工作，从早到晚地工作，最常去的地方往往不是演唱会的舞台便是录音室，他的童年也就这样过早地完结了。

但，凡事有弊必有利，或许正因为如此，才触动了他心灵的那根弦，从而激发出了他几乎全部的潜能。

迈克尔·杰克逊是世界上唯一的歌王，他的歌声回荡于印第安纳州的每一个山头、每一条河流。他的歌声是不受操纵的，使人毫无压迫感。他用歌声倡导自由，渴求人人平等，渴求消磨种族的界线。他的歌声举起了一面打不倒的象征正义的旗帜。

他信仰耶稣，正如耶稣所说的：“像孩子一样，去爱孩子，像孩子一样纯洁并且将你自己变得无比天真，再去用惊奇与魔幻般的眼睛看待世界。”他热心、善良，像孩童般看待世界，他的心也像孩童般脆弱易碎，甚至当他被诬告不得不暂别舞台时，他也像孩童般百思不得其解。这没有任何贬义，因为只有初生牛犊般的孩子才是这世间的结晶，他们没有任何的邪念，他们不事雕琢。迈克尔·杰克逊就是这样，也许他本就是一个孩子，一个永远也长不大的孩子，无论时代如何变迁，他自始至终都相信这个世界的本质是美好的，人与人之间是充满爱与关怀的。

就是他这种独特的眼光，才铸就了他如仙如游的舞步，这舞步畅快地表达了他的身心，让人们知道，他站在这上面，不是为了别的，只是为了站上去。

集“双王”荣耀于一身，他才华横溢却又停留得太过短暂，他欲复出却使人们对他产生了更多的不舍。但我认为，他的人生无需惋惜，没有遗憾。为什么？没有为什么，就因为他是迈克尔·杰克逊。

这个时代的名字叫作迈克尔·杰克逊

如果没有迈克尔·杰克逊，流行音乐的发展至少推迟20年，音乐短片的出现至少推迟50年。如果没有流行音乐，就没有音乐之王迈克尔·杰克逊，也就不会有如今的流行音乐。他与猫王、披头士并称为流行乐史上最伟大的不朽象征，而其成就早已超越后两者。时至今日，更无人能撼动他流行歌王的宝座，他已经成为这个时代的象征。

“在一个充满仇恨的世界，我们仍然要满怀希望；在一个充满绝望的世界，我们仍然要敢于梦想。”迈克尔·杰克逊为每一个人真心祈祷，他付出的代价与收获不尽相等，但他付出的爱与得到的爱绝对是等量的。尽管他清楚地看到了这个世界的残忍，明白这个世界对他并不加以眷顾，他仍旧不顾一切地放手一搏，并且他成功了。

这个时代的名字叫作迈克尔·杰克逊，他认定了这条路，并且立下决心一定要做到最好。若是让我评价迈克尔·杰克逊，16个字便足够了：鬼泣之才，圣人之德，天路殊途，谁与争锋。

就是这样，他的强悍不容尔等想象。

就是这样，他绝不乞求，绝不占人便宜，他的一切都是靠双手磨出的老茧换来的。

就是这样，他处于一个充满猜度的世界，却仍敢于去相信。

就是这样，他和善、友爱，无时无刻不在与命运做抗争。

就是这样，他为人乐观，与人方便。

就是这样，他是一列全速奔驰的火车，没有人能够阻挡他前进的步伐。

就是这样，他是永恒的创造者。

就是这样，他是耶稣委派来拯救人世的。

就是这样，这就是迈克尔·杰克逊。

从“铁窗”到“铁人”

“让我们面对它吧。”这句话在小罗伯特·唐尼口中不止一次出现过。每个人的人生当中都会遇到缺憾与挫折，不如意之事十之八九。很多人会抱怨不公平，告诉自己：“这太难了，你不可能做到。”甚至从未想过要从这上面跨过去，实则“难”字只不过是那些没有勇气与才能的人制造出来的“护身符”而已，这种“护身符”，不要也罢。

在八岁的时候，老唐尼给了小唐尼第一根大麻，从此，小罗伯特的生活中多了一位不可割舍的“伙伴”，后来可能是因为嫌大麻不够过瘾，改吸更加带劲的家伙了。

后来，小罗伯特回忆当年与父亲吸毒时的情景，说：“我们曾经一起吸毒，他好像在用只有他懂的方式在表达对我的爱。”小罗伯特的父亲对他非常严格，但时而也给予他应有的放浪和自由。虽然老唐尼把小罗伯特拖上了与毒品相伴的日子，但是他从未因此责怪过父亲，用他的话来说：“父亲留给我正面的影响远大于负面的影响。”

小罗伯特曾裸体驾驶过保时捷，也有过误闯邻居家之后，在儿童床上倒头便睡的离奇经历。这些都是他在吸毒后发生的情景，至今回想起来仍心有余悸。

小罗伯特多次进入戒毒所，但要戒毒又谈何容易。在最后一次颇为有效的戒毒后，小罗伯特又心痒难耐，开着一辆载满毒品的轿车出门。路上，他饿了，便在一家快餐店里买了一个汉堡。吃完之后，小罗伯特突然头昏脑涨，十分难受，他怀疑是自己嗑药过多而产生的不良后果，毅然决然地将一车的毒品投入了大海之中。因为毒品，他入狱服刑；因为毒品，他的事业跌到了谷底；因为毒品，他错失了对生活真正的享受。自此以后，他下定决心再也不碰任何毒品。

小罗伯特在戒毒成功后，没有像大多数人一样远离了自己的战场，放弃了自己的梦想，背离了自己的人生轨迹，甚至从此销声匿迹。他再次投身于自己所热爱的工作，再次忘我地享受，他的人生又一次走上了正轨。他自己一个人徒手从谷底往上爬。对于过去所犯的错误，他觉得自己就像一个胡作非为的孩子，只是暂时迷失了而已，他勇敢地承担自己的责任：“对我而言，该做的是去承担，毕竟这些事都是你参与过或者正经历的。”这就是小罗伯特人生的法则，错误没什么大不了的，迷茫一时也没什么关系，谁的人生没有过叛逆呢？就看你如何面对，是想一辈子待在“铁窗”里呢，还是背负着“铁窗”的意志与顽强走出来。

2006年，电影《钢铁侠》准备开拍，许多人要竞争这个角色，但相比之下又有谁比有过裸体驾驶保时捷兜风经历的小罗伯特·唐尼更加适合这个角色呢？小罗伯特成功接下了这个角色。这成为他人生的转折点，从此，他转身变为“铁人”，从当年的“吸毒王”变成了如今的“吸金王”。

小罗伯特力挽狂澜，不让自己的生活冻结僵死，这也注定了他的辉煌远不止三年五载。正如植物不仅需要阳光，也需要寒风的摧残和多变的节气才能使其成熟一样，人格的陶冶不仅需要欢乐，也需要严峻的考验和百般的磨合。这就是生活，忙忙碌碌的一天又是一天，琐碎的生活带来了更多的忧伤，只看你能否执念向前，抱着一份执着和守候，任凭风吹雨打永不言弃。这是一份气节，钢铁般的人格魅力，而小罗伯特做到了。

从昔日的“铁窗”到现在耳熟能详的“铁人”，小罗伯特所做的仅仅是没有放弃罢了，但这，也正是大部分人所欠缺的。生活不是开满鲜花的乐园，没有遇到过困难的人永远无法成为一个真正的强者，只有献身与流血才能让我们活得够格。小罗伯特有着一股子邪气、豪气、霸气，生而放荡又不失一种凛然正气，最重要的是，能为人之不能为，傲然挺立的“铁人”精神，早已与小罗伯特合而为一。

永远的23号

一说到篮球，大家首先想到的就是空中飞人迈克尔·乔丹，就像不踢足球的人也知道贝克汉姆一样。也许很多人脑海中浮现不出乔丹的容貌，更不知道乔丹长多高有多重，只知道他是个打篮球的，是打得非常好的那个，一个时常被人们谈及的坐拥球王宝座的被神化了的人物。乔丹所背负的是那无人能够接近的地位，你无须知晓他的脸庞、出色甚至娴熟的技巧，他所拥有的是渴望对手、渴望超越的展现乔丹姿态的精神。

乔丹出生在纽约布鲁克林区，后随家人搬到北卡罗来纳州。受哥哥的影响，乔丹开始热衷于篮球，并对此一片倾心。小时候乔丹同父亲关系最为密切，在球场上全力以赴的拼搏也很大程度地依赖于父亲的鼓励。但也正是这份与父亲之间无法割舍的感情，迫使乔丹1993年宣布退役。

1993年7月的一天，老乔丹被谋杀去世，这无疑对乔丹造成了沉重的打击。警方确认老乔丹身上的钱财以及那枚乔丹送给老爸的冠军戒指都被拿走了，乔丹觉得父亲的死是被自己的名声所累，更是自责不已。出于种种原因，乔丹在同年的新赛季训练营开始前，宣布退役。

但亲情的伤痛与老天无情的掠夺阻止不了一名篮球斗士的向上心，也只有对生活持有信心才能够成为父亲口中高贵的人。于是，两年后的赛季末期，乔丹回归NBA，在万众瞩目下说出了那句著名的“I´m back”。

多少人曾为了这句话泪流满面，多少人因为这句话重新找到了对篮球的爱，又有多少人在这句话的影响下展开了崭新的篇章。不管怎么样，23号球衣回来了，“飞人”乔丹回来了。

乔丹的地位无人能够代替，不是说他打篮球的水准有多高，而是因为他所诠释的篮球精神，是他将人类推向了篮球运动的高峰。篮球精神即一颗充满斗志的心，无时无刻不在呐喊。无论是阿里的秒杀勾拳，马拉多纳的马赛回旋，还是乔丹的压哨一掷，无不是一种体育精神的体现。

这位飞人着实把篮球提升到了一种新的境界，把NBA名人堂铸造得与众不同。他曾是最便宜的球员，但最终他是20世纪最伟大的球员。他小时候父亲用三件廉价的衣服给予他启示：不因为自己长得黑一点或是穷一点就看轻自己，要想方设法去成为高贵的人。

篮球总会跑得比人快，但人类从未放弃追逐它，就算它跑得再快，最后还是会被斗士抓在手掌中，被无数拥有篮球梦想、篮球精神的人奋力地投向筐中。成功并非是朝夕可得的，但篮球精神必须是要朝夕秉持，只要你还怀揣着昂扬的斗志，再高大的人也会有抬头望着你的一刻。

为了一项心中所属的事业，可能要花掉你所有的业余时间，甚至是一生的精力，可就是有人会为此执着下去。乔丹的一念执着，使他终在球场上霸气外露，成为人们心中篮球的标杆，进而得以永存。

23号的球衣将永远飘荡在NBA赛场的上空，23号特有的吐舌将永远铭记在每一个篮球爱好者的心中。这位23号，是永远的灌篮高手。

四、无法囚禁的羽翼

俗语云“生活是本无字的书”，又云“人生如戏，戏如人生”。书籍和电影是人类文明的象征之一。人类的进步离不开创造性的思维，更不能偏离生活本身。电影和书籍的素材大部分来源于生活中的点点滴滴，来自于生活中的一种现象或习惯，或者一个极具教育意义的故事。人类的生活其实就是一部丰富的电影或一部精彩的小说，从这些作品中我们不断观照自我，我们渴望看到那些唯美的画面，渴望邂逅那些奇特的际遇，甚至企望从中借鉴创作者新生的灵感。借用《肖申克的救赎》影评的标题——每个人都有一双“无法囚禁的羽翼”，关键是你能不能时时扇动这对“隐形的翅膀”。

今生无悔，足矣

“人真的有来生吗？”“我的来生真的只能去地狱吗？”这是《西藏天空》中普布一直在问自己的问题。普布之前都是作为替身为丹增少爷而活着，他对汽车、电灯无时无刻不散发着浓厚的兴趣，用丹增父亲的话来说，他上辈子真不知造了什么孽。西藏的喇嘛相信：今生的存在，就是为了给下辈子造福。而依我来看：今生无悔，足矣！

活下去，魂驰梦想

每个人生下来都是不平等的，身份权利的斗争比比皆是，许多人会为了这份不平等而拼搏。但若想偷懒，也有一条捷径可走，那就是听天由命。普布就是这么做的，也许有人说这是一种奴性，也许他曾百般挣脱却无功而返，或许他只是习惯了这种生活。

要我说，普布的这种做法没有错，他既非天人下凡，又非蓄势之弓，他能做的仅仅是好好地活下去。然而活下去是为了什么？在普布屡犯禁规，马上要遭受挖眼刑法之前，丹增问他还想要做什么，他的回答很简单："我想看布达拉宫的电灯。"

"梦想无论怎样模糊，总潜伏在我们心底，使我们的心境永远得不到宁静，直到这些梦想成为现实才止；像种子在地下一样，一定要萌芽滋长，伸出地面来，寻找阳光。"人生而有梦想，最初的梦想或许微不足道，但当我们驰骋在梦想的道路上时，我们便是最快乐的。普布一直坚守着自己的梦想，从未动摇过，他说："我梦到过的事情便是真的。"这话在常人听来似乎会觉得他很无知，甚至可笑，但在追梦的道路上，他相信只要做梦看到的事情，现实中自己也能达成。梦想绝不像梦那么简单，两者有一段深远的距离，不过，一个人若是连梦都不敢做，又何谈梦想！普布敢于拥有梦想，也敢于说出梦想，接下来，要实现梦想，他就必须好好地活下去。

人非畜，消灭无知

共产党人入驻西藏，为的是解放西藏。所谓解放，不单是物质上的解放，更是为了解放人权，解放人民的无知。也正因为这份无知，西藏农奴才如此地抵触共产党。

西藏是中国西南面的一根脊梁，与外界的隔绝使其民众保留了封建的奴隶制，普布就是受到迫害的人之一。他一切的行为都受人驱使，毫无自由可言，幸得一明主，与丹增少爷称兄道弟。虽然是这样，但事情也没有转机，少爷终究是少爷，奴才终究是奴才。

“人一出生就口含一枚金币，一面写着平等，一面写着自由，这枚金币叫人权。”一个人若是没有了人权，那尊严与荣耀都变得虚无缥缈了。天赋人权，人可以无知，但不能无知到泯灭自己的权利。丹增陷害普布，使其受罚，当丹增向活佛痛心认错，释放普布时，普布说：“我恨你。”由此可见，在普布的内心深处，尚存一丝为人权而奋斗的光芒。

虽匹夫，肩挑千钧

丹增落崖后随活佛赶往了印度，在那儿他思索悔悟了自己之前的种种不是，并决心无论如何也要回去看看自己的妻子和儿女。要知道，当时正值“文化大革命”期间，一个从前的富家大少爷要从印度回国绝不是一件那么容易的事情。但他不畏艰难，不惧险阻，誓要回去履行自己的职责，以弥补当年的错误，更要弥补对所爱之人的亏欠。

丹增一肩扛起了大梁，没有逃避普布的诉苦，也没有回避众人异样的眼神，也许他的心灵就像布达拉宫的电灯一样明亮，任风吹雨打永不倒。

“人生须知负责任的苦处，才能知道尽责任的乐趣。”责任与生俱来，为责任尽忠是苦的，但你应该庆幸你还有责任可以扛。也许一生的辛酸与泪水只够完成一次责任之旅，但这就够啦，就算不能在世间留下一笔，不能给世界带来美丽的花朵，但我们在为责任付出，这就够了，趁还来得及的时候。

以前，有一位朋友和我说他去西藏旅行，看见那儿的人走三步便要扑卧在地上膜拜，他询问那人说：“你们为什么不多走几步再拜呢，这样就快了。”那人双手在胸前合十又放下，答道：“这都是一种诚意，刚刚手推到哪，脚就走到哪。”

实际上，这也是一种责任。没有人督促他们，全凭他们自觉，这无异于是对其责任心的考验。

走好人生的每一步，今生无悔，足矣！

这个世界需要英雄

世界是桀骜的，亦是谦逊的，就像一只嗡嗡作响的陀螺在高速旋转，它对外界产生压力，这是它桀骜的资本；它也受到外界各种因素的干扰，这是它不得不谦逊的原因。这样的世界，必然就会需要英雄的出现，以抵抗这股外力。而作为中流砥柱的英雄们，自然也就承担了这份代表正义的桀骜不驯与抵制邪恶取得胜利后的矜持。唯一能使这个世界完全覆灭的，便是让人们丧失信仰。在拿破仑口中："中国是一头沉睡的狮子。"现如今，这头狮子醒了，但却未再掀腥风血雨，这是一头和平的狮子。正是布尔什维克革命点醒了这头睡狮，并贯彻共产主义的信仰使其于血泊中一步一步走到今天，这共产主义的信仰既是这个世界所最急需的，也是英雄主义的全权代表。

英雄不是一蹴而就的，却会因为一失足而成千古恨。不曾称帝的拿破仑可以算得上是英雄，可说到底，他之前的所作所为就是为了称帝，他不仅扭转了英雄交响曲，更打击了一位音乐家的创造热情和幻想。称之为英雄不在于其贫富和门第，英雄的伟大也不在于其紧要关头之时仍为人类社会的利益着想，真正的英雄往往不声不响地深思熟虑，能够衡量何为高贵的举措、何为值得的行为，英雄之所以存在，只是因为这个世界在呼唤着、在渴求着英雄。

鲜血点燃的烛光

说到希腊神话故事，大家最先想到的可能是宙斯、波塞冬、雅典娜，或是赫拉克勒斯、帕尔修斯、狄奥尼索斯等神。诚然，他们都算得上是我们人类的英雄，够格接受后世的传颂。但依我之见，对于人类来说，最大的功臣莫过于普罗米修斯，是他将火种带到人间。

黑暗其实不可怕，人们每天都会面对黑暗，但人类并不畏惧，因为我们知道光明就在黑暗的尽头。真正可怕的，是在漫无止境的黑暗后仍不知光明何时到来。在火种未点燃人世之前，这是一种不可抗力，人们根本无权也无法控制光的传播与四散，更没有想象过能够自己造光。正是火种让人们得以追随梦的步伐，亢奋地穿行历史，成功触摸梦迹夙愿，几许蚕亡丝尽，几许蜡浊炬灭，使人类吟诵的诗章千百年轮回相唱。

普罗米修斯使人类步入了崭新的纪元，而自己却身处险峻高山，铁链缠身地遭受日复一日的苦难，即便如此，他也从未后悔将火种带下凡间。若是他能看见人们利用火种来结束茹毛饮血的原始生活、打造武器驱赶野兽、烧烤鱼肉饮食取暖，应该会感到些许欣慰。

普罗米修斯为人类带来的绝不仅仅是火种，更涵盖了一种火的精神，这精神化作一大片种子撒向人间。火让人们尝试熟食，以至更快地进化大脑，拥有智慧；火让人们在大地上多了一份主动权，开始创造自己的世界，拥有事理；火让人们有能力对抗比自己强大的生物，而非一味逃跑，拥有勇气；火让人们开始对向往的明天充满希望，开始懂得活着的价值，拥有志气。时至今日，火种早已幻化成了智慧、博爱、坚毅、无私、勇敢的种子，融在了人们心中。

世界养育了英雄，同样需要英雄的眷顾。真正的英雄不一定是那些名垂千古的人，也不一定是那些耳熟能详的人，恰恰是千千万万默默无闻的人为世界创造了更多的价值。普罗米修斯没有像宙斯一样至高无上，也没有像赫拉克勒斯一样勇挑巨狮，但他得到的尊重不在宙斯之下，他的勇气也绝不在任何人之下，他绝对担得起英雄二字。

大力神赫拉克勒斯被誉为希腊神话中最伟大的英雄，他曾完成了十二个伟大的功绩，其中有一个就是取回金苹果。在取金苹果的途中，被罚撑天的阿特拉斯设计使赫拉克勒斯帮其撑了一段时间的天，原本释下重负的阿特拉斯可就此不再理会，却出于责任心的驱使，重新撑起了天。这位阿特拉斯便是普罗米修斯的兄弟，这等忍辱负重，这等鞠躬尽瘁，确是与他兄弟如出一辙。

普罗米修斯以及阿特拉斯能够做这无名的英雄，正是因为他们有着坚定的信仰，渴望给予人类生存的帮助，渴望目睹人类主宰的丰功伟业，并为此不惜放弃自己的一切。这便是一等一的英雄，是这个世界所需要的英雄。

击中了你，不，它选择了你

美剧向来偏向英雄，近期更是将诸位英雄人物搬上了大银幕，让大家眼前一亮。

《绿箭侠》中的奥利弗·奎恩被困在岛上的五年中只有一个念头——生存，也正是这个强烈的信念，促使他有朝一日重返家园。五年占据了一个人的人生中说长不长、说短不短的时间，而奥利弗在这五年里将自己打造成了一柄利器，立誓不辜负自己的城市。

在与被闪电劈到的巴里·艾伦见面后，奥利弗对他警言相告："不是闪电击中了你，而是闪电选择了你。"也许现实过于残酷，也有可能是你自己想象得太过完美，但很多事情你无法抗拒，只有接受。你不得不面对那孤独的英雄路。

世界不会无故地伤害我们，它只是选择了我们，使我们变得与众不同，成为英雄。而这份出众使我们越发感到冷漠与被疏远，我们感受到被孤立，我们开始对它感到畏惧。这种矛盾便是成为世界的英雄所必须要经受的，它不会给我们的外表印刻任何一条伤疤，却实实在在地打磨着我们原本脆弱不堪的心灵。

如若已然被世界选去做那个英雄，你就必须接着奔跑下去，演绎速度与激情的极致。无论你跑得有多快，也总有跑不过的东西，总有东西想方设法追上你。但是，去奔跑吧！就算被别人超过又如何，被远远地落在后面又如何。跑得最快或最慢并不重要，重要的是你还在跑，重要的是你相信着自己。

人活着就要奔跑，要奔向远方，要追赶前人。胜利者不是跑得最快的人，而是那些经常作为尾随者的落后者，速度算不上快，却坚持跑到现在的人。奔跑要有目标、有梦想，这样跑下去才不会中途放弃。围着世界奔跑、为了世界奔跑的快感是枯坐在家中高谈阔论的人所无法领会的。

我们虽无法像巴里·艾伦一样以超人的速度济世救俗，但七十迈的速度也未尝不可。大家都在跑，有的人跑累了就不跑了，而那些累了之后接着跑下去的人就是英雄，当他们的腿如同火一般燃烧，意志如同铁一般坚硬之时，世界也随之转动。也许你会问："做英雄真的就这么简单？"其实我的回答是这根本算不上是个什么，如果你能够尽好自己的职责，做好自己应该要做的那些简单的事，比如简单地跑步，那又何愁不能成就复杂的人生，改善世界的病态呢？一时地挑起英雄这个头衔不会太过困难，但要挑一辈子决不是容易的事情，这需要面对巨大的压力和卓绝的选择。就像在体育课上长跑，你明知自己是全班跑得最慢的人，却毅然跑到了最后，每一次都是最后一名，可每一次都没有逃避。同样是最后，差别就在于跑和不跑，坚持下来的最后一名会带给你一种自我满足和成就感，这就说明你有成为英雄的潜质，而一个准英雄怎么会对困难望而却步呢！

世界选择了你，就别辜负它，想要远离失败，就别停下来。没有什么是不可能的。

最后，引用体坛的一句话："你再也跑不动的一天终究会到来，但不是今天！"

直到世界尽头

罗曼·罗兰在《名人传》的序中说："我称为英雄的，并非是以思想或强力称雄的人，而只是靠心灵而伟大的人。"

一个社会需要人权，不一定要将乌托邦式的解放性思想作为榜样，但也只有一个人民真正当家做主的社会才有新鲜的空气用来呼吸。这份人权服从于法律，保卫国家，守护人民，追随心声，直至世界尽头。

泰西轶事作为文学经典，不仅对历史叙述历久弥新，更彰显了诸多民族英雄的芬芳隽永。论泰西之古今人物，当以华盛顿称首。华盛顿的演说《独立宣言》，可谓是道出了人民的心里话，实不负被评为美国最伟大的三位总统之一。时势造英雄，一个人心存信仰，又有了觉悟，还有什么可以挫他锐气呢？

“如果自由流于放纵，魔鬼就乘机侵入。”华盛顿既倡导自由，又不愿看到人们将自由演变成散漫。用长久的眼光顾全大局，这就是英雄所要背负的，不是为了这个世界，而是为了世界的我们。

这个世界伟大的英雄远比我们设想得更为常见，而依靠心灵而伟大的人透露出来的是一个崇高的灵魂。华盛顿不是一个自命清高的人，也没有一颗空洞封存的心灵，他提倡人人生来平等即是为了世界能衬托出真正耀眼的华丽。他以言语反映心灵，以心灵反映命运的主宰，深切告诫人民主宰权的归属，便对得起英雄的挚诚。

一颗庸俗的心灵不会给予受苦受难者慰藉，一个压抑的社会不会给予世俗颜色。华盛顿三十多岁时就已经在美国殖民地富甲一方，可他弃商从政，开始了一条为了美国独立而艰苦峥嵘的不归路。作为富家子弟的他原本可以潇洒地活上一辈子，但他却去寻找那真正的潇洒——自由。他放弃了小我，成就了大我。

作为世界的英雄，需要一颗热忱的心，需要有一份担当。无需急流的雕琢，有时甚至得不到他人的理解。但，即便是苦难的结晶，也要囫囵下咽；即便是灼人的炼狱，也要闯一闯这龙潭虎穴。对于一个英雄，利剑可以割开他的咽喉，却不能让他停止呼吸，更不可能叫他闭嘴。英雄是大众的英雄，是世界的英雄，他们也许只是比一般人多做了一点点，而这一点点正是平常人所做不到的，可谁又知道，世界就是靠着这一点点的一点点而不断发光闪耀的。这个世界需要英雄，我们每个人都应该心无旁骛地全力以赴，直到世界的尽头。

且看普罗米修斯用鲜血带来的火种得以延续，且望世界的尽头是否还有另一彼岸。在结果的钟声尚未敲响之前，权且相信它，相信这个世界，相信你自己。人们成长为英雄的过程常常被疏忽，也常常让上了岁数的人不忍直视，让打退堂鼓的人望尘莫及，让命运的浊流无从吞噬，因为那一刻太过耀眼。

正是因为看不见我们才会感到害怕，英雄的义务就是照亮这些个躲在黑暗深处的孬种，使其无处遁形。而接下来你要面对它，完成半个英雄的责任，去打败自己心中的恐惧。对看不见的敌人感到害怕是人之常情，但千万不要将这个敌人装在心里，这样你永远无法打败它。

恺撒和斯巴达克斯同在罗马建功立业，虽然只有恺撒成功了，可后人更多的是崇拜斯巴达克斯的英雄事迹。为什么？难道真就只有项羽这般“生当作人杰，死亦为鬼雄”的不可辱之人格方称英雄？如果项羽不自刎，兴许就不会被后世流传美名，但不自刎他就不是西楚霸王了。相比恺撒，斯巴达克斯用少之甚少的人马为了自由顽强抵抗，用自己被钉在十字架上的鲜血向世界证明了自由是不可剥夺的。而这世界更为紧迫需求的，不是让人们看见胜利，是要让人们懂得其意义与价值的崇高无上。

是谁，用鸡蛋敲打着世界的石门；是谁，让贯彻世界的背脊之塔吱吱作响；是谁，在捍卫这强光下的薄冰足迹；是谁，为了守护而赌上一切；是谁，说定了要攥住前行的鬃毛；是谁，用傲娇的姿态扶持着桀骜的世界；是谁，在呜咽的同时仍然翩翩扇起岁月的交迭；是谁，让曙光透过蛮荒的大地；是谁，用最后的一丝倔强扛起喋喋的休扰与叠叠的重担。是你，是我，是这个世界所选中的每一个人，我们都有使命去肩挑世界的脊梁，我们都是这个世界需要的英雄！

也许你早该放弃

一个人要是处在社会的底层，往往就会遭受凌辱且饱受折磨，但是崇高的理想主义光芒可以掩盖一切，包括羞辱与卑贱。《钢铁是怎样炼成的》是苏联作家尼古拉·奥斯特洛夫斯基影响最深的著作，是一本真正属于所有人的励志书籍，它告诫人们，唯有钢铁般的意志和顽强的精神，才能创造奇迹，改变命运，与祖国共呼吸。

书中主人公保尔·柯察金12岁时就被母亲送到车站食堂当杂役，在那儿受尽了歧视与羞辱。但热情和倔强的性格不允许他放弃对生活的希望，他在哥哥的帮助下来到喀查丁参加红军。可是好景不长，保尔因身份阶级的差异断送了第一段爱情，又以“牛虻”精神抵制了第二段爱情，在误打误撞的猜忌下失去了相爱的人。因为这样保尔急火攻心，受了风寒又引发肺炎，丧失工作能力，无奈之下被党组织解除工作。1927年，保尔已经全身瘫痪，双目失明，曾经一度满腔斗志的他被肆虐的疾病束缚在了病榻上，动弹不得。保尔一度曾产生过自杀的念头。但是上天就是这么爱捉弄人，在你雄心勃勃的时候让你不得志，在你试图自杀的时候又给你指出了一条活下去的理由。

保尔·柯察金开始了文学创作，赶走了曾经的萎靡不振，重振旗鼓开始了新的生活。

对于这种开玩笑般的人生，换作别人也许早就放弃了，但保尔没有。不是生活在故意刁难你，别人的顺境也未必就是什么好事。想要得到的一切，只要肯拼。

钢铁的炼成法则既是奥斯特洛夫斯基笔下的文学创作，又是其自身最深痛的写照。“人的一生可能燃烧也可能腐朽，我不能腐朽，我愿意燃烧起来！”奥斯特洛夫斯基为全人类的解放而斗争，这是他毕生的荣耀，更是在暴风雨的洗礼下百折不挠的艰苦奋斗精神。

不是每一次咬紧牙关都能够扛过去，也不是每一次拼尽全力都能够看到曙光，但不这么做就没有如果。如果连如果都没有了，那么人生注定是失败的。

奥斯特洛夫斯基也好，保尔·柯察金也好，你何必过问炼成的钢铁叫什么名字，就这样认真地看着钢铁是怎样炼成的，然后再去选择一块适合自己的钢来打磨。你未必会遭受这么大的挫折，那你就更不应该放弃，就算已是燃烧殆尽的时候。

不断恶化的病情，毫无希望的治疗，一辈子都不得不依赖他人照顾的现状，甚至不能企及死神的上门，却还要活下去，为了必须活下去的理由而活下去——这就是保尔·柯察金。

也许你早该放弃。

但是，你没有！

无法囚禁的羽翼

"即使翅膀断了，心也要飞翔。"不管经历多少风雨，鸟儿都渴望自由，即使外面狂风大作，鸟儿也会展翅飞翔在蓝天之上。我们人类又何尝不是如此，自由的人生高于一切，没有任何一堵墙可以困住自由。

在《肖申克的救赎》中，青年银行家安迪因涉嫌谋杀妻子及其情人而锒铛入狱，在肖申克监狱内被判终身监禁，自由似被透明的薄膜隔绝，任由呼唤，也只能坠入黑暗直至完全禁锢。在监狱中，安迪结交了在囚犯中颇有声望的瑞德，并凭借他弄到了一把小锤子。后来，他利用自身的专业知识帮助监狱长洗黑钱，同时凭借与瑞德的交往，在犯人中渐渐受到礼遇。在表面上看，他似乎已对那堵高墙从厌恶转变为处之泰然，但是对自由的渴望在他心中愈发强烈，促使他永远怀着自由的希望。

“生命诚可贵，爱情价更高。若为自由故，两者皆可抛。”自由是人一生中最为宝贵的一笔财富，如果一个人丧失了自由，那么他也将丧失人生的方向。影片中，安迪在整个监狱播放了意大利的曲子，歌声直插云霄，飞得比任何一个人敢想的梦还要遥远，就像一些美丽的鸟儿扑扇着翅膀来到我们的褐色牢笼，让那些墙壁消失得无影无踪。就在那一刹那，安迪将自由的希望与渴求传达给了每一个肖申克监狱的同伴，使所有人的心灵汇聚成为一点，似乎吟唱出了一首最高贵的自由之歌。

安迪向瑞德购买了一把小锤子，瑞德打趣说：“要用这把小锤子凿洞逃出监狱至少要用一百年。”然而没想到，安迪出乎意料地逃出监狱，靠的就是这把小锤子，别人一百年都不一定做得到的事情，他只用了二十年。这不仅仅因为他拥有超乎常人的头脑与多年对地质的研究，更重要的是他有着坚持不懈的精神和对于自由的无比渴望。他不愿永远处于围墙的压迫之下，做一只眺望蓝天的鸟儿；他想自由翱翔在蓝天之上，不受任何摆布，去寻找属于自己的一片天。他的双手不能像羽翼一般飞翔，但他有心灵的羽翼，这种羽翼是无法被囚禁的，是一种充满着希望的诠释自由的羽翼。

安迪离开了肖申克，同时也将救赎带到了肖申克。监狱中常常聊起安迪的事迹，瑞德每次都付之一笑，在他口中，安迪是一只关不住的、不受束缚的自由鸟。恐惧让他沦为囚犯，希望让他重获自由。自由的羽翼永远无法被囚禁，只要人们心中还充满希望，再坚硬的牢笼、再高的围墙，也困不住我们对于自由的憧憬。

胜败皆是宿命镣铐的艺术

电影大师黑泽明的东方西部片《七武士》，可谓是剑指苍穹地反映出了日本武士人道主义的一面，是那个时代民族主义缩影的剪影，是各个阶层为求生存的真实写照，是人性光芒顿挫交织的显露，是黑泽明与云云事物一起哭一起笑的真情流露。

当七位武士只以一天三顿饭的代价为农民们赌上性命抵抗山贼之时，又怎么能说他们不受宿命镣铐的摆布呢？人生本就是一条不平坦的道路，不可能处处顺风顺雨，而有的只是那无形的压迫感和无止境的局限性。对于这一场场不算公正的比试，你可以逃跑，那样儿可以多活一会儿；你若是选择战斗，就可能随时丧命。前者可以争取多一点儿苟活的日子，却注定了败的道路；后者虽胜败不得而知，但起码有一个机会允许我们去夺回那些我们生命中不可或缺的东西，要选择哪一条路并非由天而定，决定权总归在你自己手中。不过有一点请你记住：如果你因束缚的沉重而心累，可以在原地歇歇脚，但决不可以一再退让，那样只会将自己推入绝境，终至生命黯然。

勘兵卫作为七武士的领导者，颇具武士标杆的典范，更在胜利后清醒地说出："胜利的，不是我们，而是农民。"诚然，让武士战败的不是强大的对手，而是那个无奈的时代与宿命。同样，让武士胜利的也不是高超的战术抑或任何时刻的沙场拼搏，而是他们面对宿命镣铐的未曾低头。这就是宿命摆下的一个局，不论胜败，都只是其中归类为艺术的一种表现形式。我们的世界是悄然无声的，也是嘈杂多变的。因为宿命，我们不会从出生直接走向死亡，还要在宿命的镣铐中尽情地舞上一曲；也正因为宿命，我们从出生的那一刻起就注定了要走向死亡，而胜败可以说就是宿命的一门语言艺术。

既然在此将胜败说成是艺术，那便有其美化性。在勘兵卫口中，他打的每一场仗都是败仗。而这败又是否能狭义地理解为被宿命禁锢所累的无计可施？依我看，也不尽然，要是为了伟大事业的无畏献身，为了守护所爱之人的至死不渝，为了捍卫真理的不可动摇，为了打破隔膜的殷勤灌注，那就不能称之为失败者，因为他们敢于在自己宿命的镣铐中挣扎，仅凭这一点，他们就容不得任何人的鄙弃讥讽。这便是艺术可观的一面，胜未必是好，败也未必是不好，只看你内心所属。若是败能让你有更大的勇气正面面对宿命营造的种种困境，那又何必执着于徒有其表的虚名呢？

说到底，胜与败都只是一种形式，没有人能妄加定义，难道说永世无存就是败吗？难道说伤人伤己就是胜吗？有时候，进行一场战争，与宿命的战争，没有胜败可言，因为在宿命的那只钟表上，你注定会慢上一步的，但你又不得不与之抗衡，因为这就是艺术。

艺术的美是不容亵渎的，胜败都只是这传达美的符号；艺术的真实是不容诬蔑的，宿命终究要牵连你一起淹没，而能否打开这宿命的镣铐，全凭你自己。你若是自己来做这命运的宿主，对你来说又何谈胜败呢？这是艺术审美观上的差别。

胜败都只不过是宿命镣铐的艺术，这艺术传递了一份人情世故的精神文化，传递了七武士、四十余铁骑以及若干农民受宿命所困的一筹莫展，更传递了武士精神在暴风骤雨般宿命的侵袭下苟延残喘却未摧眉折腰的大义。《七武士》便是黑泽明对宿命认知的艺术结晶，是那个时代与宿命的镣铐作斗争之人抛头换面的写实，是对菊与刀精神的最好诠释。

这些话，荡人心魄

英雄是什么？在许多科幻片中，英雄都以两种身份存在着。平时，他们默默无闻，只是社会的一分子，亦是家庭的一分子；但一到紧要关头，他们便会化身为正义的英雄，惩奸除恶。那么，是英雄衬显了身份，还是身份选择了英雄？依我看，是后者。

力量与责任，祸福相依

无论生活中即将发生什么，有一句话我永远不会忘：力量越大，你的责任也就越大！这力量是天赐的福，也是祸。我是谁？我是，蜘蛛侠！

——《蜘蛛侠》

在社会中生活，我们会扮演不同的角色，而往往每一种角色都伴随着一份责任。正因为有了责任，我们才有了动力；也正是这种动力，驱使我们不断向前。我们会不断地遇到挫折，同样我们也能享受到尽责的快乐。

彼得·帕克是一名记者，主要拍摄对象是他的偶像蜘蛛侠。在世界需要他时，他从不退缩，毅然变身蜘蛛侠，挺身而出。他所做的一切，归根究底是为了保护自己所爱的人和那些爱自己的人。

力量与责任相辅相成，力量越大，责任也就越大。每个人与生俱来都拥有一种本能。这种能量平时潜伏着，且不会轻易显现出来。但当一个人的正能量觉醒时，这种本能也会随之触发。这便是藏在我们心灵最深处的一种力量。不是因为兄弟义气而鲁莽行事，不是因为驰骋南北而骄傲自满，不是因为老于世故而目空一切，是高度的责任感和强烈的荣誉感，点燃了我们心中的火炬，引领我们走上一条曲折却永不回旋的道路，而我们也将一生赌在了这条路上，为之拼搏，为之奋斗。

彼得·帕克说这份力量是“天赐的福，也是祸”，老天既然将这份力量赐予你，就说明你有控制这份力量的能力，务必用之正途，切勿走上一条不归的歪路。然而，选择履行自己的责任或是弃之任之，都取决于你。我想，彼得·帕克的选择很明确，“我是谁？我是，蜘蛛侠”。

守护与团结，永不磨灭

我们的种族因为被遗忘的过去而走到一起，齐心协力面对未来。我是擎天柱，在此发出倡议：让这段历史流传下去，我们拥有珍贵的记忆，生生不息。

——《变形金刚Ⅱ》

“天时不如地利，地利不如人和。”我们每个人都有要去守护的东西，或大或小，或重或轻，皆是我们所无法舍弃的包袱，并且将永存于我们珍贵的记忆中，而团结便是成事的基石。

《变形金刚》中守护地球的战争，若只是汽车人为了新的共存家园而顽强抵抗，虽说不是无济于事，却也难取得最后的胜利。正因为人类和汽车人团结一致共同抵抗外敌，才守护了我们共同的家园，并印证了擎天柱的一句话：“这段历史将生生不息。”

“一个人像一块砖砌在大礼堂的墙里，是谁也动不得的；但是丢在路上，挡人走路，是要被人一脚踢开的。”一根筷子，你可以折断它，但一把筷子，你却难动它分毫。众志成城，万众一心，即使弱不禁风的生命也可以像泰山一样立于九霄，像黄河之水一样滔滔不绝。

团结就是力量，有时，为了守护同一样东西，我们走到了一起，这便是一种缘分。那就让我们团结起来，共同守护这份珍贵的记忆，让其永不磨灭。

意志与顽强，无懈可击

你可以摧毁我的房子，我的战甲，但是你改变不了一点，我是钢铁侠。

——《钢铁侠Ⅲ》

“切莫垂头丧气，即使失去了一切，你还握有未来。”人生一直会面对失去，甚至可以说是一种掠夺，我们会失去财产、地位、亲人和我们所拥有的一切，但这些都不算什么，因为你的意志永远无法被掠夺，只要还尚存一丝生机，一点顽强，你就是无懈可击的。

托尼、佩珀以及曾与他有过一面之缘的女植物学家玛雅在家中遭到猛烈的炮火袭击，几乎丧命。更糟糕的是，后来他的战甲也坏了，原本的生命寄托反而成了累赘。但这一切都未打倒托尼，他用自己过人的才能与顽强的意志继续探索真相，在冰天雪地中修复战甲，与地狱烈火做斗争。

时有天灾，时有人祸，也许会摧毁我们的房子、我们的身体，但改变不了一点，我们的意志无懈可击。

如果说火可以烧尽一切，水可以淹没万物，钢铁可以击穿大地，那么同样，火可以让我们的意志更加顽强，水可以让我们的意志更加坚定，钢铁可以让我们的意志坚如磐石。

以爱之名

曾经有一对朋友，他们从相交到相知，互相扶持，坦诚相待，共同认识人生，了解生活；曾经有一个孤儿，为帮士兵而被炸死，士兵将其军葬，他们相识不久，感情却如千丝万缕，无从斩断；曾经有一个孩子，他为生活与学习而终日愁眉不展，而当他打开那扇门时，猛然发现父亲与他同在。也许这些就是爱，看不见，摸不着，捉摸不透，却与我们息息相关，无时无刻不萦绕在我们身边。多一分尊重，多一分理解，多一分宽容，多一分牵绊，以爱之名，我们何曾停止过前进的脚步？

爱是相互之间的不离不弃，如阳光雨露，为生命之源。

多少人一生中寻寻觅觅，只为与“爱”有一面之缘，而有些人则误入歧途，终至百年孤独。一个孤独的人，不是野兽，便是精灵。然而，往往前者居多，后者甚稀。那么如何才能正确地冠以爱之名呢?

爱是一种责任，不断地点燃着我们心中的火焰，没有它，一切将变成黑夜。因为爱，我们走到一起，如影随形，善待彼此。同样是爱，它告诫我们，珍惜那个与你相伴，视你作亲人的人。

因为有爱，你要让那个人明白你值得依靠，在他需要你的时候，要毅然站出来，无需顾忌地告诉他：“无论如何，你还有我。”因为有爱，你会感受到有一个坚实的大盾在守护着你，从中感受那种无法言语的快乐和愉悦，并将你那颗充满爱的渴望和充实的心暂时寄存。

爱是相互之间的平平凡凡，如一砖一瓦，为生命之依托。

“爱之花开放的地方，生命便能欣欣向荣。”爱已然成为人与人心心相系的一条船，扬起的是前方的希望，蓄满的是你我的信任，满载的则是人生的梦想与坎坷。无论年轻或是年老，几多艰辛，几多辛劳，名利吹灰，浮华散尽，放眼云烟，不过化为生命中的尘土，唯爱永恒，不甚风雅，不甚奢华，却书写了我们非凡的人生，无需遮掩，不事雕琢，不过平平凡凡罢了。

平凡的你，平凡的我，心与心之间架起了一座平平凡凡的桥，这座桥并非是最坚硬的，也并非是最美丽的，但它的支点不止一个，所以它永远不会倒。承载着歪歪斜斜的步伐，留下深深浅浅的脚印，照耀在含情脉脉的斜晖下，传递着猖狂的叫嚣与洒脱的生命。

爱，是平凡的，但绝不平淡，更不平庸。以爱之名，放开脚步，放开心灵的翅膀，路就在脚下，阳光会一直照耀着你前行的道路。爱会抹去心灵上的伤痕，留下的只有感动。

爱是相互之间的步履踉跄，如驼行踌躇，是生命之领悟。

与相爱之人肩并着肩，推开那扇窗，打开那扇门，敞开心扉，拉近彼此的距离。太阳西落东升，依旧是太阳；历史跨越千年，依旧是历史；时间从古至今，依旧是时间。人们随着时间出生，成长，成熟，直至消失，人已蹉跎，但爱却留了下来，安静而唯美。

时间是急流磨砺出的，它不仅优美，更可以消逝一切，但它泯灭不了爱，消磨不了一颗颗不曾分离的坚韧的心。

人到暮年，垂垂老矣，回想当年的那一份份爱，从婴儿学步到老人持杖，一步一个脚印，每一个印记里都深深地刻入了爱。

爱是火热的友情，与生俱来的亲情，矢志不渝的爱情，不求回报的爱国之情。爱可以磨平一个人身上的棱角与锋芒，足以改变一个人的心智，使其敢做的梦比天还大，憧憬着并追随自己的梦想；爱足够让人放弃所有的个人荣耀以换取一份纯真。世间芸芸众生无不因爱相连，以爱之名，我们用心去铭记，用毕生的时间去感受生命的阳光雨露、点点滴滴，以爱的名义走出一条自己最喜欢的路，不也很潇洒吗？

五、做最好的自己

闲暇时分，静坐炉边，一盏清茶，自言自语。人在宁静中心绪才会像秋水一般清澈，这时才会发现人性的真正本源；人在安详中才会像晴空白云一般舒畅悠闲，这时，才会像平静无波的湖水一般谦冲和蔼，这时，才会获得人生的真正乐趣。明月当空，宁静致远。学个从容，留个坦然。依然在苍绿流年中找寻一份至纯至美的安暖，依旧在纷扰尘世中坚守那份至真至诚的本色。细心感受梭罗笔下瓦尔登湖的宁静与多情，大声吟诵华兹华斯诗中自然的绮丽与绚烂。借书满架，偃仰啸歌；三五之夜，明月半墙；流年无恙，馨香满怀；岁月无痕，不负韶华；君自盛开，蝶自飞临。

与神对话

有人问：为什么神总是不能眷顾我，既然赐予了我这一身受人嫉妒的才华，又为什么要让我出生在这么一个贫困的家庭，使我的本领不能够得以张扬、显露呢？

神说：你因家境贫寒而寄人篱下，是一种不公；你的一技之长使别人垂涎三尺，也是一种不公。世上本就是如此，对你而言是公平的，对别人而言就不公平，绝对的公平是不存在的。但请你一定要相信，我赐予你的绝不比任何一个人少。

那人：那么这个世上真的有神吗？有的话，又是否会庇护我呢？

神：当然，不然你觉得你在跟谁说话？我会永远保佑你，祝福你，不过我绝对不会偏袒你。

那人：那么你知不知道我的命运？我将来又该何去何从？

神：我不知道，我的责任是给予你生命，而道路是你自己走出来的，就连我也不知道下一刻的你会在哪里，会干什么事。我不能代替你抉择你的人生，但是当你选定了一条道路，我会帮你点燃这条道路上的每一根烛光，不管这条路有多长。

那人：我不甘于一辈子默默无闻，我想要闯荡出一番大事业，我该怎么做？

神：要想成就大业，你首先必须具备以下几样，它们是雄心、自信、坚忍、毅力、果断、勇敢。

那人：要具备这些着实不易，不知我又何时能够做到？黄花落叶易知秋，而怀揣雄心壮志又谈何容易。

神：就凭你之前的那句话，不甘只做人下人，你就已经有了雄心。

那人：我一直觉得我有些自负。

神：自负分为两种，一种是没本事的人对自己的骄傲自满，另一种是有本事的人对自己的充分自信。而你决不是前者，这样，自信你也有了。

那人：我从小胆子小，别人欺负我也不敢说，回到家后还独自埋头于被子里暗暗地哭泣。

神：你被欺负时没有向家人师长求助，说明你已经有足够的能耐独自面对一切；而别人欺负了你，你却没有欺负别人，说明你不是一个恃强凌弱的人，你有一颗正义的心；你独自一人失声哭泣，是不想让爱你的人为你担心，这说明你不是一个懦弱的人。在遭遇不公正的对待后你选择了容忍，而不是去报复或者对自己、对人生失去希望，你退了一步，而这是正确的选择，那些没有能彻底打垮你的，只会使你变得更强大。能忍人之不能忍，方能为人之不能为。你很坚强，也懂得容忍，其实，“坚忍”二字早已充斥在你的心中。

那人：我家后面有一座石像，我的很多朋友都能轻易地爬到顶端，而我尝试着去爬，却试了一个下午都没有成功。

神：别人能够轻易做到的事对你来说不一定简单，就像你认为易如反掌的事情，对别人来说可能就是难如登天。永远不要在任何事情上都拿自己和别人比，各有所长，这才是我赐给你们的天性。攀爬对你来说也许不是强项，但起码过了一个下午你都没有放弃，不是吗？你没有像很多人一样在困难面前望而却步，而是不假思索地向它发起了挑战，既然第一步你已经迈出去了，那么又有什么理由能阻挠你继续往前呢？成功只是早晚的事，无需急于一时。能够长时间全身心投入其中，脑中忘空一切，唯有一个明确的目标在徘徊，这种不达目的誓不罢休的意志便是毅力啊！

那人：可是我违背了父亲的意愿，或许我根本就应该事先听父亲的话，而不是惹他生气。

神：有什么难处可以说来听听。

那人：我父亲想让我留在家中继承他的手艺，可是我却想要到外面闯荡，看看这大千世界，谋求一条自己的生路。因为一言不合，我与父亲大吵了一架，随后离开家一直走到了这里。但是现在，我又犹豫了，我真的可以就这样一走了之吗？我还不知道前面的路有多少艰辛，我又能否存活下来。还有，还有就是，我的父亲，他会记恨我吗？我真的不能失去他，他是我仅有的亲人，我现在……现在就好想他。

神：不要犹豫，既然你已经走了出来，就不要整天想着回头路，你现在需要往前走下去，也只能往前走下去。这条路是你自己开辟的，道路上的朽木与杂草理应由你自己来清除，如果你现在害怕了，说明你的选择是错误的，或者说你在临行前根本没有深思熟虑，只是一时的冲动罢了。而现在，你走到了中途想到这些，已经晚了，你如今只能不顾一切地走下去，不管前路多么艰难。再者说，你真的舍得放弃吗？

那人：不，决不！

神：很好。还有就是你的父亲不会责怪你，即便你忤逆了他，可你永远都是他最亲最亲的亲人。不要因此而影响了你的判断，父母的建议需要加以斟酌，而最后的决定权在你，即便是你的父亲也不能擅自替你做决定。虽然他表面上对你怒斥责怪，其实打心底里早就默认了你的选择，他也为有你这样一个有出息的孩子而感到骄傲，你的父亲，他，永远都爱你。

那人：我也爱他，谢谢您。现在我非常坚定，我一定要追寻自己内心的共鸣，创出一片只属于我的天。可是，您说我有雄心，有自信，还很坚忍，我又如何做到果断和勇敢呢？

神：你毅然决然地决定了这次行程，并且没有因为父亲的大力反对而动摇半分。你在追寻梦想的道路上不为外物或别人的言语所迷失、困惑，不为将来的人生有所顾忌，不怀疑自己的能力，一心向往着心中最初的方向，这即是果断。你为了梦想敢于和父亲唱反调，而且坚信自己是对的，从不去想自己会不会惨败而迷途知返；你没有封建的思想，他人的理念更禁锢不了你，你是一只翱翔九天的雄鹰，而不是一只终日飞在花草丛中的蝴蝶。能打破思想束缚，抗争命运的人，一定有一颗勇敢的心。如此这般，你还觉得你缺乏果断和勇敢吗？

那人：这么说，我已经具备了所有的前提。虽是这样，但我认为我还得先准备一下。

神：既然你已经想明白了，也做出了相应的决断，并且符合了所有的条件，那就去吧，不要再等待了。准备的话，可以说从你一出生就在为今天做准备，准备的时间已经太长太长。过多的准备是无用的，前方未至未知，你从何准备？准备的都是已知的，而已知的又何须准备！出发吧，少年！让我看看你能掀起多大的浪，让我看看你的气魄与胆识是否如我所想的那般，让我看看你的未来有多么的绚丽斑斓。

那人：谢谢您，那，我这就出发了。多么令人激动啊！

那个人从屋子里走出来，往更远的地方去了。屋子里，一位老人从破旧的神像后徐徐地迈着步子走了出来，他来到屋外，深吸了一口气，清了清嗓子，望着天空，喃喃道："神啊，如果您真的存在，请保佑我远行的儿子。"

自己给自己的

父母对你好，给予你百般关照，叫作父爱母爱，这是与生俱来的，亦是每一种生物对后代所饱含的情感；兄弟姐妹对你好，跟你相互扶持，叫作手足之情，这是因为你们身体里流淌着同样的血液，你们的骨骼中留有相同的根源；朋友对你好，与你互嘲互勉，叫作羁绊连心，通常你们可以真正地有话直说、坦诚相待、轻松快活，甚至一些交情深的更是能生死与共——这些都是别人对你的好，也是你对别人的好，而你自己又能给自己什么呢？无可厚非，自己对自己好是首要的事情，叫作自爱。一个懂得自爱的人总能在无路可走的情况下从容不迫，因为他们能够代替别人来保护自己。

自我教育。教育这个词，也算是个比较热门的谈论话题了，一个国家的强盛在于青少年，而青少年的强盛在于教育，少年强则国强，这个道理大家都懂，所以教育已然成为国家提升综合实力的最坚硬的软兵器之一了。教育不一定要在学堂、祠堂等指定场所，随便找一个舒适坦然能静得下心的地方，自己翻翻看看写写弄弄，做到自我教育，那就足矣。自我教育最好的办法就是看点书和写点东西。看的书不必强求，可以是你喜欢的，也可以是你想要学的；至于写点什么东西呢，那更是无关紧要，只要你想写便是好的，不一定要有大文豪一样的风采，只求连字成句。在看或者写的时候，你通常会感悟颇多。我向来喜欢看一些励志名言，却感叹自己未能做到——不是无力做到，我知道的。就算是小步向前移动，我也一定是与理想的自己靠得越来越近的。

自我安慰。你安慰过其他人吗？有人安慰过你吗？在获取安慰的同时，你肯放下自尊心吗？这是好的打算，前提是你周围得有人，并且他或他们能够看穿你的心声。如果你的身边没有人，那你就必须学会自我安慰。若你陷入低谷，那么最清楚的那个人一定是你自己，你要把自己从里面拉出来，不遗余力地拉。在安慰自己的时候，你可以满口胡言，可以夸大自我，可以将自己说得神乎其神，让自己都被自己的言语所打动，相信自己必将反败为胜、化险为夷。但在消极的情绪过去了之后，你就应该将之前用来蒙骗或是说激励自己的那番话中不属实的一部分立即删除干净，如若不然，你将迎来另一个更可怕的境地。多少次又多少次，你总会有忍不住想流泪、想让别人来哄哄你，这时，无意中的恰当安慰很多，但如果要刻意等待，就着实不易了。你要知道，其实你自己也可以胜任这份差事，而且比任何人做得都好。在乌云密布的时候为自己献上一缕阳光，你就不会害怕做一件事，不会触景生情，不会独自哭泣，不会无力回天，不会萎靡不振，不会在梦中遇到厄境，不会害怕回想过去，不会害怕走向未来。

自我理解。每个人都希望得到他人的理解，那你是否理解了你自己呢？如果连你自己都不理解自己，那你现在的所作所为又是为了什么呢？要想得到他人的认可，首先得自己先认可自己。不要对自己太过苛刻，要知道你为什么而犯错，以及这错误是不是你该犯的。犯了错误不可怕，不要因此而轻易地说自己无能。你要面对错误，但有时若还未转过弯来，暂时的逃避也是可取的，要乐观一点，想想起码现在除了你没人知道这错误，还有改正余地，不也挺好的吗？我们细心地观察自己，为的是理解，进而我们才能去理解他人。

自我欣赏。一个懂得自我欣赏的人必然是一个美的人，而一个爱美的人未必是一个懂得自我欣赏的人。欣赏自己，欣赏自己独一无二的面庞与躯干，欣赏自己聪明离奇的头脑，欣赏自己那颗水灵的心。在无人为我们鼓掌的时候，给自己一点掌声，欣赏平凡又独特的自己，给自己一个迎接旭日朝阳的理由。“人活着，或许有不少人值得欣赏，但你最应该欣赏的应该是你自己。”欣赏我们拭泪、强欢、成形的每一个过程，这都是令我们将来回忆起来能够笑出声的。

自我调养。养生不是等到老了以后再去做的事情，而应该是时时刻刻所要注意的。外界养生调养的是我们身体的机能，自我养生调养的是我们内心的平稳。促使内心稳定主要的元素无非是水和火，人离不开水，早上起来的时候是一个人一天中最缺水的时候，这时你需要喝上一杯水，把全身都润一遍。水是大量需求的，而火就要控制一下了，大肆发火或随意地宣泄脾气不但于己无利，也于人无益。

自己能给自己的其实相当多，你不必吝啬，大方一点，能否让自己有个有所事事又无所顾忌的生活，全凭你自己。

不要在最能吃苦的年龄选择安逸

一个人在适当的年龄就要做适当的事，这是 种秩序。如果破坏了这一秩序，试想七老八十的都在干苦力活，年轻力壮的反倒无所事事地坦然度日；人之将死才初入学堂，三岁娃娃却日理万机，这样肯定是行不通的。一个国家、一个社会、一个体系要想进步，就一定要分工明确，该吃苦的必须吃苦，该享乐——去不去享就管不着了。

人主动地因为兴趣去做一件事，和单单受外力压迫去做一件事，结果必是截然相反的，但有时你不愿意去做的事又是你不得不去做的事，这可能是我们最大的苦恼。如果你在主动和被动的情况下能够做到相同的努力，那说明你的责任心已经比常人要高出一个档次。

每个人生来都想要自由，但绝对的自由是不可能的，绝对的自由就等于放纵。什么人都想展翅高飞，什么人都想无拘无束，什么人都不希望别人来管，但这做得到吗？就算有一天真的实现了，你也会感觉到和自己原先设想的相差太远太远。

有一句话叫“苦尽甘来”。能经得起苦难之人不会是无所作为的庸人，肯在吃苦的年龄饱尝辛酸苦辣之人必定不是娇滴滴的懦子，宁可在还吃得动苦的年龄多吃一点苦，也不要等到了老来贫的时候追悔莫及。凡事都有其针锋相对的一面，所有人都不希望吃亏，但很多人又不敢去吃苦，想要既不吃苦，又不吃亏，岂不像是痴人说梦般无稽？最后还只能是吃苦。不过你可以早点吃，将苦视作一道美味佳肴，享受这苦中的涩，涩中的爽。等你吃上瘾的时候，不成人之美的游戏规则会告诉你：“天下没有不散的筵席。”自此，你已经无福再享受这纯天然的美味，却换来了享福的咒印，从苦人变为痴人最终变为人上人。

人生得意苦中来，只有现在多吃一些苦，以后才会少吃一些亏。狂风可以吹灭烛火，也可以吹灭焰火，但对于燎原之火来说，狂风只会将它越吹越旺。吃苦的年龄也是这样，刚开始觉得苦，后来觉得更苦，但到把世间的苦都尝了个遍之后，就不再觉得苦了。

人不会有一世的苦，天也不会负苦心人。浪费最能吃苦的年龄来满足自己一时的享受是一桩大罪过。别嘴上说着热爱生命，手头上却在浪费时间，难道时间不就是生命吗？莫等闲，要吃苦早就可以开始了，要享福等苦头吃完了之后自然就有了。

在本应舒坦的岁月踏上苦旅是可以有的，但万不可在最能吃苦的年龄选择安逸，因为时间绝不会给你改过的机会。

大不了从头再来

人生最痛苦的事，莫过于不断努力而梦想无法实现。令人欣慰的是，有人听见时间长廊另一端的那个声音说：“也许今天无法实现，也许明天也不能。重要的是，它在你心里；重要的是，你一直在努力，从未放弃。”

勇攀高峰，不是为了被世界看到，而是为了看到整个世界。那么，在看清楚整个世界之后，你又是否还有勇气接着走下去？人们不断地往上爬，渴望成功，渴望抓准时机一矢中的，渴望得到他人的认可。这一切都源于人们心中隐藏的那份对于渴望战胜对手的野性，这是一种征服他人的欲望，是一种能力的体现，更是一门生活的艺术。没有人希望失败，但失败却是成功的必经之路，失败中学到的东西往往比成功中所学的更多，不要因此停止步伐，失败将塑造成功的价值。

一个不会失败的人，对于他来说就没有成功。但也不是每一次失败后就一定能成功。如果你失败了，请站起来继续前行；如果你再一次失败了，请告诉自己："大不了从头再来！"

"只知胜而不知败，必害其身。"我们每个人的一生中都难免会有缺憾与不如意，尽管如此，我们还是毅然决然地选择了这条路。既然来到了这条路上，就不能只想着风光无限，在风雨兼程的路上必然也会有寒风冷雨，黯然神伤。我们不用去想能否成功，只需两眼直勾勾地盯着远方，让意志消磨惰性，让坚定掩盖迷茫。说到底，人生就是一场经历，无论成败，只是为了不输给自己。经历了一切才能够明白，成功之路皆是汗水和泪水铺就的，至于那些所谓的成功与收获的硕果，不言而喻，心中自知便好。

许多在人生的路口徘徊，困惑着该何去何从的心灵，便是那些在失败后忘记了自己最初踏上这条路的目的的人。失败是你骄傲自满、意识松懈时的不速之客，防不胜防，你的一切都可以被它掠夺，但请保留一颗时刻清醒的心。不同的人，心态也一定有所不同，失败对其的打击大小，或是说是否有所打击，也必有不同。失败就像你所要走的道路上的一块石头，对于心态不好的人来说就是一块绊脚石，有的人选择绕过去，也有的人会在这块石头面前等待一生；而对于心态好的人来说，这就是一块垫脚石，可以用它开启前面广阔的道路，更将它视作成功的契机，所以他们义无反顾地踩在了它的上面，即便这块石头一摇一晃，不是那么稳，他们也无所畏惧，因为他们有个信念：就算是摔下来，大不了从头再来。

才女杨绛一百零三岁重读经典名著，九十载铸就不朽人生；芬兰老太马吉特·托尔九十五岁挑战蹦极，以勇敢书写彪悍生涯；力克胡哲用强大的心灵唤醒人们内心的梦想，不放弃创造人生的无限可能。心若在，梦就在，让你的心如同一块沉淀于大海中的清澈通透的宝石，可以随时看见它内心闪耀着的名为梦想的光芒。

每一位青年人，请永远不要对自己说放弃，毕竟这条路由你主宰。除非你自己气馁，否则没有人可以强迫你那么做。无论发生过什么，失去过什么，时间可以消磨一切的痛苦和伤痕，损失的与割舍的都可以弥补，冷眼的嘲笑与讥讽更是无须理会。你就是你，即便一再跌倒，即便你已身心俱疲，即便全世界的人都不相信你会成功，你也不要放弃，因为你还有一个坚实的后盾一直在支撑着你，那便是你自己！相信自己能够在失败中扭转乾坤，相信自己能够克服一切，相信自己不会让自己失望。即使你又一次失败了，记住：“没关系，大不了从头再来！”

欲要成事，必先为人

欲要成事，必先为人。做人与做事向来密不可分，一个严于律己的人做起事来也一定井井有条，一个疏密有致的人做起事来也一定粗中带细，一个洒脱彪悍的人做起事来一般不会按常理出牌。一个人有多大本事，便能做多大的事。有时候，你的学问可能不一定比别人多多少，但成就却比别人大很多，这就是你做人的能耐了。

有个人到一家公司应聘，老板看他平平无奇，答应先让他留下来试一试，如若不行马上走人。一天，老板巡视时，看到之前研讨会上写过的东西依旧留在黑板上，便问今天轮到谁擦。那个人一慌，赶紧起身上前去擦了。老板使了个眼色，示意他以后积极一点，他点头表示明白。

过了几天，老板再次视察时，又发现与那天同样的情况。老板一肚子火正无处发泄，横眼瞪着那个人。他赶紧又起身上去擦了。老板警告他注意一下自己的职责，他点头示歉。

又过了几天，那个人来到老板办公室，看老板心情不错，便说："之前那两次黑板没擦，其实都还没轮到我。"老板放下手头的工作，第一次仔仔细细从头到脚地打量了他一番，问："真是这样，那你当时为什么不说？""我只是想尽量避免一些无谓的口舌之争。其实谁擦都一样，尽早解决了问题才是关键。"老板将之前手上的那份炒鱿鱼的通知捏成团扔进了垃圾桶里。

他的做法是明智的，忍耐也是一种能耐。如若不然，他当时一冲动，起身与老板争执，对解决问题毫无帮助不说，还可能引起争执。只有在大家都冷静的时候，面对面好好地谈一谈才能从本质上解决问题。

做人讲究一个"稳"字，做事讲究一个"活"字；做人靠本分，做事靠本事。不因小事而乱方寸，以不变应万变，这也是一种能耐。

敢问路在何方

活着的是否终将离开，拥有的是否终将失去，脚下的路是否终将支离破碎，这些你都无须计较。你所要考虑的是，为什么而活着，凭什么而拥有，以及路上有哪些是值得你缅怀的。

要问路在何方，条条大路通罗马，但要找到一条与你精确匹配的道路，似乎不那么容易。在你找到那条路之前，你走的也是路，只是有可能它们的形式略有不同，但在你眼中，它们却是天壤之别。如果你现在还未找到你心目中的那条路，而是走在一条你不太满意的路上，那么这条路就可以称之为衔接之路，千万不能小视了这衔接之路，高山衔接的是流水，远方衔接的是家乡，而这条路衔接的便是你日后的人生。俗话说大器晚成，有真本事，不怕等一等，时间不会冲淡你脑中的思想，只会抹去你心头的尘埃。就把它当作是一种考验吧，看你能不能耐得住性子、稳得住脾性、守得住阵脚，可不能眼一闭、脚一蹬，不管三七二十一便挺身上前，敞开了怀地撒野，这样估计有大本事也难成。

众里寻路千百条，蓦然回首，那路却在身后不远处。寻找路的旅途本就是矛盾的，你本身就走在路上，却还在找路，就像你抛弃了天上掉下来的馅饼，转身捡起了地上的一个面包，说来可笑，但其实也不可笑。明明它与你只有间隙之隔，你却始终在询问路在何方；明明低头就能看到，你却执念于眼前而使它变得遥不可及；明明有千百条路、千百个分叉、千百个方向，你却仍旧执迷于脚下那一条。也许正是因为这份执着与痴念，在经历了路上的跌跌撞撞、兜兜转转、起起伏伏后，你更增强左右自己人生的强烈欲望，才让你敢问："路在何方？"这一问不是为了等待别人的答复，只是为了一再提醒自己，不要迷失了自己的初心。

在路上，总归有些人与你走的路大同小异。或许你们走的姿势不同，或许你们走的形式不同，或许你们走的气势不同，总会有些不同。走在路上的人不同，就会走出不同的花样、不同的精彩纷呈。重要的不是走的路如何出奇、如何不一般，而是走在路上的人怀着什么样的抱负、目标是远方还是更远的远方。毕竟，一条路上不会只留下你一个人踉跄的步履。一开始，所有的路都是平的，之所以会产生如今的高低不平，是因为在有些地方摔的人多了，地面便摔出了坑、摔出了洼，路自然也就变得更加崎岖了。走在路上总免不了跌上几跤，聪敏的人会避险趋平，而更多的人只会一如既往地往坑里摔。这摔也有讲究，摔得有个轻重缓急，有的人一摔就很难再爬起，有的人一摔就不省人事，而有的人摔完之后便灵感乍现、思如泉涌。这就得看一个人的心态和处世的方法了。我们可以多摔几次，因为我们还年轻。有一位身为教育家的父亲曾经讲过一句话："比起成功，我更希望看到他失败，因为等到我这个年纪的时候，摔倒了便再也爬不起来了。"

在路上的，如果有你认为值得去做的事，就去做吧，而且要尽量做好。摒弃那些令人心颤、惊慌的杂念，全神贯注地向前，只要走好脚下的路，便好了。

走过之后，你会发现：当你想要寻找那条路的时候，它就在你眼前；当你想要摸索那条路的时候，它就在你脚下；当你想要铭记那条路的时候——它就在你心中；当你想要走完那条路的时候——别想了，你还差得远呢。

穷读书，善其身

如果你现在算富裕，那么你需要读书，读书可以让你维持这份富足，或者说让你两方面都很充实。如果你现在算贫穷，那么你必须读书，读书可以让你尽快摆脱贫穷。如果你穷，那么你现在是读书的最好时机，读书是忌富的，但这并不代表富了就不需要读书，这一切的决定权在你。就像一匹体力充沛的狼永远都追不上一只同样体力充沛的兔子一样，因为它们奔跑的目的是不一样的，狼只是为了填饱肚子，而兔子则是为了保全性命。读书也是这样，动机不同，目标不同，所达成的效果也不同。总而言之，读书者穷，穷必读书，以穷读书，独善其身。

说读书人很穷，这是一句大实话。读书人的钱都拿去买书了，此为财穷，一穷二白之穷；读书人喜欢在夜深人静的时候干活，此为身穷，其乐不穷之穷；读书人看待事物喜欢再三品味，此为思穷，皓首穷经之穷；读书人常常把一样东西从现象看到本质，彻底看透，此为眼穷，穷幽极微之穷；读书人思绪万千且日益更新，此为脑穷，变幻无穷之穷；读书人目光放得长远，敢于放手一搏，此为志穷，无穷无尽之穷。

唯有读书高！穷读书，方可全心全意地投入其中。穷并不意味着一定要穷得连饭都吃不饱，而是在读书时要做到心穷，心里穷得除了书什么也装不下。穷人读书有穷人的办法，穷也自有穷的好处。试问一本你千辛万苦想方设法得到的书，你会不珍惜、不溺爱它吗？如果是轻易得到的一本书，也许你只会囫囵吞枣地草草读完了事，但若是换作一本你付出了大到足以铭记许久的代价而得来的书，我坚信你不会这样。

所以，穷也是一种读书的方法。穷人总是精打细算，而读书就需要如此，不放过任何小便宜，即便是鸡毛蒜皮的内容或是一些打油诗集可能也值得我们议论纷纷。穷读书，换而言之就是对书十分吝啬，将书视为怀中之物。

最后，送给大家一句话：人这一生要交一个朋友，是书之友；要爱两样东西，一是爱书，二是爱读书；要有三个原则，一是不怕读书穷，二是不悔穷读书，三是不惧读穷书。

变通可化腐朽为神奇

人生犹如一条船，每个人都要做好掌舵的准备。人不能太死板，要懂得变通，一念执着固然可贵，但有时灵活变通也是一种受益无穷的智慧。“山重水复疑无路，柳暗花明又一村。”通往成功的路有很多条，你现在走的这条未必就是最快最好的。有时候看似路已经走到尽头，但人是活的，何不调转马头探索一条新的路径，或许还会别有洞天呢。

变通不是等待，机遇只垂青于有准备的头脑。

我们可能不知道我们下一步要迈向何方，但不管我们的双脚如何沉重，双肩如何负重不堪，机会，一定是给那些有准备的人的。所以要去做个有准备的人，而不是打无准备之仗。当我们面对悬崖或是处于激流勇进中时，调整心态，淡然面对压力，想想怎么变通才是最有效的办法，这样，困境亦可化为捷径，失望亦可化为希望，胆怯亦可化为迫切，腐朽亦可化为神奇。

变通不是屈服，忍气吞声之后何来风平浪静。

世上本没有路，走的人多了便成了路。世上本也没有奇迹，只有不断繁衍的腐朽和创伤，忍受和战胜多了便可发挥出意想不到的潜力。任何问题都有解决的方法，只要善于变通，无法可想的事是没有的，就看你是否能握住命运的咽喉，一鼓作气，直捣黄龙。以万变应万变，何惧黑暗和风浪的险恶，最可怕的敌人就是没有坚强的信念。变通并不意味着回头是岸，只不过是换一种方法前行罢了。

变通不是听天由命，在寻寻觅觅中才能化腐朽为神奇。

人的脑子是活的，虽然不能篡改历史，却可探求无限的未来。人是可以变通的，将复杂的事情加以简单的思考，然后再付诸实践，这是人和动物最大的区别。凡是内心能够想到、相信的，都是可以达到的。一个乐观的心态，寻觅，发现，思考，不放弃，奋斗，这些都是成功变通的基础。葫芦裂了可以当瓢使，身体残疾了还有思想，初心不见了还有梦想。周恩来总理用四根筷子都搭出了一个“田”字，可见变通、思考的重要性。应当想办法化不可能为可能，笔直前行若行不通就拐弯抹角地寻找另一条出路。外力将我们弄得晕头转向，到最后，我们发现其实也不是一点儿出路也没有，还未到走投无路的境地，千万别让生活的影响代替我们过日子。变通是一门客观的艺术，不单单是用来看的，更是一项活生生的能够灵活运用于生活的技巧。掌握了这门技巧，便能彻底改变一生，即使是逆境中的腐朽，也能转变为繁星密布的神奇苍穹。

“善出奇者无穷于天下，不竭如江河。”变通，或是改变自己的思想，或是改变自己的性格，或是改变处理事情的方法。变通不是唯利是图，是将墨守成规的思路略作调整，使其不刻板、更圆滑。变通的人分为两种，一种是为了局限性的、拘泥于一时的蝇头小利而违反规则、逾越界线，另一种则是为了大胆进取、乘风破浪的喜悦而在深思熟虑后的灵活变通。胜利就在眼前，你要是会变通便能找到解决问题的办法和规律，不能照搬老路，这样只会处处碰壁，而无法得到胜利曙光的眷顾。变则通，灵活运用，胜利就会掌握在自己手中。

要生存下去，要生存得更好，就要懂得变通，凡事三思而后行，必有益无害。就如同《谁动了我的奶酪》中的三只小老鼠，它们每天都是在同一个地方找到的奶酪，可是有一天，它们再次到达老地方时却发现没有奶酪了，其中两只小老鼠都接连到别处去找吃的，只有剩下的那只小老鼠依旧等在原地不动，最后，也只有它饿死了。这就是不会变通，认定了一条死理，认定从前有的地方现在也一定会有，而这恰恰是走向深渊的第一步。

每个人都有各自的特征和属性，每个人都应该选择最适合自己的变通方式。对待每件事情，不要固守一个思路，要将复杂之事变得简单明了，这样一切都会迎刃而解。无论身处何时，无论路在何方，记住，变通可化腐朽为神奇，总有一个点在为我们发光。

该丢脸时就丢脸

犹记得《目标战》中的一句话："面子，面子是能吃还是能喝，是能打还是能战。"渐渐的，我们都在长大，时光如水流逝，我们的自尊心愈发强烈，也好起了面子。

树有皮，人有脸，我们必须对自己的脸负责，但有时也不妨将脸面撕下来扔到地上，踩几脚，扬长而去。对于大多数人来说，面子有千斤之重，饭碗丢了可以再拾起来，面子丢了就完了。确实，面子的确重要，以面观人，可知善否，面子就如同人与人、人与万物之间的镣铐，封锁了我们行动的范围和时机。什么外表躯壳，什么凛然生畏，有时将面子暂且搁下又何妨。不必为了这份虚伪虚度有效的光阴，放下架子，放下面子，该丢脸时就丢脸。

保持微笑，是展示面子最好的体现。不管你背后如何硬扛，心情多么沉重，请永远将你微笑的一面留给世人。一个浅浅的微笑，说明你不是那么容易就能够被打倒的，这就足够展现你的面子。把一块块残缺拼凑成一个微笑，所有的雾霾就会一扫而光，你编织的那张微笑的网早已洒落在每一个角落。

敢于舍弃，只是为了更多的收获。舍弃并非一味地错过，舍弃面子也并非意味着不知进取，舍弃个人荣誉换来的集体荣誉足够让你的面子熠熠生辉。其实，舍弃和拥有既是对立的又是相辅相成的，你在这一刻舍弃小我，可能下一刻就会拥有大我；你在这一刻拥有了，就意味着你已经舍弃了某些东西。学会适时适当地舍弃面子，通往明天的道路依然可辨。真的，舍弃也不失为一种拥有。

轻看错误，不要被压迫感所驱使。一个人犯了错误，特别是在人前犯了错误，总会觉得面子上有些过不去，会被一种无形的压力压迫着。每个人的一生中都会犯错，这并不是什么稀奇事儿，但只有愚者才会在纠结自己面子的得失中执迷不悟。做错了事是否就等同于丢脸？也不尽然。面子丢一次就丢了，错误要牢记在心，切勿再犯同样的错误。

充实灵魂，面子才能够面面俱到。一个人的体面是由内而外散发出来的，上天给了你一张独一无二的相貌，这就是脸；同时也赐予了你一个永不磨灭的灵魂，这就是面，由此形成了脸面。

若是想让你的脸面有些姿色，就永远不要让你灵魂的火焰熄灭。寒山之巅的冰魄雪魂是一种面子，百花丛中的芬芳扑鼻是一种面子，昙花园里的落落大方是一种面子，面子在各个方向都可以体现，各具不同，各有精彩。如果你什么都没有，又何必担心会丢面子呢？

看重内在，高高地挂起两面旗帜。第一面旗帜要从实际出发，相信他人，了解自我。要清楚地认识到你自己有几分能耐，能支撑得起多大的面子，逞强不会给你好果子吃。第二面旗帜则是为了告诉你当初为什么把“面子”二字与自己牢牢地锁在一起，而至今舍不得松手。面子无非是你想在别人心中塑造的一个几乎接近完美的形象，但人这一辈子至少当一次傻瓜，用面子换取一次大家的欢笑，又有什么不划算的呢？

追求自我，满足个人角色的期待。追求如无边落木，如不尽长江，时而千金散尽，时而生死度外，但绝无摧眉折腰、丧心病狂、被人戳脊梁骨之行，只看你的期待的是萧萧下或是滚滚来。走自己的路，追求自我，别人的恶语相加不用太过理会，说到底面子只不过是给别人看的，大不了不要了就是，又何必为其浪费自己的千里之志，消磨自己的大好年华。

懂得放下，亦不失为面子的体统。放下是一种生活的智慧，是一门心灵的学问，更是一段释放、解脱面子的枷锁。面子给予了你无上的荣耀和夺目的光彩，但同时也对你的一举一动加以了封锁。该放下时就放下，这样你才能够腾出手来抓住那真正属于你的一片天。人生是一种选择，亦是一种放下，拿得起，放得下，对自己说一声顺其自然，让面子随风飘荡，它自会找到一处落脚之地。

不可否认，面子代表了一个人的身份、一个人的形象，就如同一个人的代言，诠释了些许信息。但转而再想，面子也给我们套上了更多的限制。不怕脚踩风，就怕手抓空，如果手里没有紧握着面子这张底牌，即便我们脚踏岩石背靠山，也会有一丝心慌而神不定。

我并非是说面子不好，一个爱面子的人一定也是一个有追求、对自己有期许之人，因为他们之所以看重面子，都是为了向他人展现自己最好的一面。他们相当重视别人眼中的自己，这就说明他们对生活充满了希望、对世界怀揣着热情。不过，面子不能左右我们的是非观，不能代替我们衡量轻重缓急，既然面子就是为了给我们的生活增添色彩，那么只要是自己认为正确的、值得做的事情，就大胆去做。该丢脸时就丢脸，没有什么不好意思的。

三句话改变你的一生

你无法决定世态炎凉，但你能让自己不随波逐流；你无法决定世道沧桑，但你能保守一份我行我素；你无法决定人生美丑，但你能以善心来看待一切；你无法决定山路曲直，但不管是曲是直，还不是踩在你脚下；你无法决定身世出处，但自古英雄不问出处；你无法决定如何生，但你能决定如何死。不过，与其无谓地思考如何壮烈地死去，还不如想想眼下如何潇洒地活着。

你有可能站在山顶或是趴在谷底，也有可能站在谷底或是趴在山顶；你有可能背对溪流求水，也有可能面对金山哭泣；你有可能面对你最想要的却不敢往前一步，也有可能眼睁睁看着摆在眼前的东西失去也无力弥补；你有可能很强大足以保护别人却默不作声随遇而安，也有可能很弱小需要别人保护却敢于站在困难前面。无论如何，去守护你想要守护的，去守护那些你爱的人，去守护那些保护你的人，为此而拔剑，甚至空拳相向，即便最后倒下了，应该也是很快乐的吧。

你要庆幸你现在的生活是痛苦的，因为将来还有更痛苦的在等着你。也许皱皱眉头就过去了，当你经历过了最痛的，那么其他的也都无足轻重了。

你要庆幸你还在追逐梦想，而不是盯着已实现的目标无所事事，因为追梦的人总比在梦中的人有更大的潜力。过程是苦的，但回忆起来是最有滋味的；结果是单一的，就算美好，回忆起来脑中也一片空白。

你要庆幸失去的是非常重要的，而不是更重要的，因为在你没有痛心疾首之前，你根本不知道什么是最重要的。

你要庆幸还有人对你抱怨、对你责怪、对你发牢骚、对你指手画脚，因为你若只能一个人自嘲，那将多么无聊。

乐观一点，想开一点，认定了一件事就全力以赴，尽可能别留下悔恨，即使心存后悔，尽力去补救、充实、圆滑就好了。

其实，板上钉钉的你决定不了，终将失去的你挽留不了，总归要来的你逃也逃不了。何不抬起头，将视线从脚下移至前方；侧过身，将阻力减到最小；迈出腿，将体内的能量由蓄力变为迸发。人生啊，如此这般，别跟老天过不去，别跟道理过不去，别跟自己过不去，其实主动权仍在你自己手上。

非一日之寒还是三分钟热度

徘徊着的，锁定着的，迂回着的；走着的，爬着的，看着的；苟延残喘着的，目光呆滞着的，等待不前的，不动声色的……无论你属于哪一种，是明是了，是困是惑，都逃不脱一个问题。你是否曾问过自己，那些你追寻至今的是否是你真正想要的？是对是错暂且不论，是大是小也无从比对，成败与否有时更是听天由命，许多的许多都不由你说了算，但如果那是你曾经执着着的，并且现在仍旧无法割舍的，那就这样一直执着下去吧，这可能会成为你以后最大的笑柄，但也可能是你最甜美的珍贵记忆。

你若是一时兴起而对某人、某物或某事一片单相思，那可不一定会长久。一则，沉溺于正值火热的东西中欲罢不能，为了自定义的心头之物一厢情愿，以及所谓的一见钟情、一眼即定等，最后都在不断更新的沉迷遐想中昏睡忘却。此类事情比比皆是，但在展开实际行动之前你必须先深思一下，这些是否能与你长相厮守且值得你为之一念执着。没有爱情作为基底的婚姻不会是牢固的婚姻，没有持之以恒作为燃料的远航船无法驶向新大陆，像三分钟热度这种的冲动情绪还是少有为妙。

二则，你一开始在好奇心或其他什么心理的驱使下，对其产生了兴致，经过时间的荡涤，你发现你的兴致并未因睡上一觉而减少分毫。此刻，你应该已经意识到，这早已不是什么三分钟热度了，虽然还未达到燎原之势，也已经不是那么容易就能浇灭的了。这样就形成了完美的转化，一时变成了一生，一念变成了一心，一厢变成了一对，一个变成了一切。这转化是偶然的，也是必然的。说偶然呢，是因为你是无意中谋定了这里，无意中尝试坚持一下，无意中坚持到了现在，无意中说不定你还会成功。说必然呢，是因为有你，因为你做了。其他的呢？没有别的了，自从你选择了并且坚定了，就不需要再问为什么了。既然你现在燃烧起来了，这是很好的前提与保障，可不能半路上将它丢之弃之置之不理啊！

一个人的生活习惯以及性格决定了他处事的态度。前者是你日积月累持新成旧的结果，后者是你与生俱来却也并非无法改变的基因，若想要改变自己懒散随便的做事态度，首先要给自己一个目标，并且不时地暗示自己、提醒自己、督促自己，不断提升、磨炼自己的意志。

“心里的地方就只有那么大，有人进来，就必定有人要离开。”每个人心中载物的空间都是有限的，当你迷恋上了一样新的东西后，之前的自然也就渐渐淡忘了。一念咫尺，一念天涯，当你执念一物的时候是否曾想过，什么将伴你永存或者仅仅是在你旅途上留下一个印象，大多徒有回忆罢了。人生是短暂的，人生路上的你是脆弱的，你经历一遍又一遍的折腾，意味着你已足够坚强，但要记得，去等待那个你值得拥有的。宁可朝着明知无法到达的地平线进发，也不要在某个交叉路口挥剑转身，至少能向同一个方向前进，至少不会将人生的大部分沉浸在流亡的岁月之中，至少有的只是自由和约束，而不是放纵和禁锢。

想要得到的欲望中包含着望而却步的胆怯，志在必得的决心中包含着前所未有的艰难。欲望和决心之间的远近不是距离，两者存在本质上的区别，又能化作因果的联系。胆怯和艰难之间，若艰难在先，那起码你尝试过了；若胆怯在先，那又何尝不是一种无理取闹呢？举手投足间，波澜壮阔，有时如江河汹涌，有时又如风平浪静，你那么平凡，又那么健忘，是否有勇气把浪打得更高一点儿呢？

忍受住短暂的痛苦，放弃短暂的快乐，用你短暂的一生，将短暂的美梦绽放得绚丽，之后那短暂的余温，你是选择劈头盖脸地浇灭它呢，还是选择加一把火让它烧得更旺呢？起初的热情值得拥有，却不值得怀念，看着你的一举一动，看着你的口是心非，看着你的悲伤欢笑，看着你的照耀万人，看着你的缠绵悱恻，看着你的优柔寡断，看着你的手捧希望，看着你的一路向前，那个人是选择冰冻三尺呢还是选择三分钟热度？你应该已经洞察秋毫，因为你对那个人再了解不过了。

六、不放弃也是一种方法

诗歌，是语言精华的凝练。故文易得，诗难成。可以说，诗歌是最具文学特质的文学样式，初学者要敢于尝试，逐步锤炼，体味到创作的趣味。本部分虽然只有四篇作品，但体现了作者勇于尝试的精神：从新诗到格律诗，从近体诗到古体诗，从灵活用韵到一韵到底。相信经过如此洗礼，即可曲径通幽，登堂入室矣。再者，自古有“诗言志”与“诗言情”之争论。《毛诗序》说，“诗者，志之所之也，在心为志，发言为诗”；《文心雕龙》说，“昔诗人篇什，为情而造文”。马锡尔的这几首小诗皆得其“情”，皆述其“志”，清新自然，毫无雕饰，璞玉天成之作也。

不放弃也是一种方法

梦

瞳中锁定的方向
几度欢喜，几度悲凉
我像在云中飘荡，天空海阔
只听见他的话语
相信自己的道路，走下去

幻

手中油滑的时光
一再跌倒，一再迷茫
我像在海中航行，潮涨潮落
只听见他的话语
别怕

韧

心中无悔的信念
穿过风雨，载载春秋
梦像在心中羁荡，稍纵即逝
只听见他的话语
有时，不放弃也是一种方法

儿时

儿时
多么熟悉而动听
儿时
多么坦荡而真诚
儿时
多少欢声笑语伴随于左右
儿时
多少落叶黄花铭记在心中
儿时
谁不留念
儿时美丽的梦想

困难和挫折是我们永远的伴侣
却也不乏洋溢的生机和希望
那些刻在冰雪上的记忆
是否已经融化

儿时简单的思考
时常分不清梦和现实有多遥远
梦中所想的是否就是你现在要做的
哭着笑
笑着哭
仅在一念之间

儿时甜蜜的嘴角
现在是否已沉重得无法上扬
记得曾经咧着嘴的你不顾一切
谁都不知道你在开心什么
如今的你
是否已失却了那份酣畅

儿时的我们
是父母的希望
时至今日
是否依然执信远航

颂如歌生命

生命就如一片尘土
挥之而来
挥之而去
撒下点点斑驳
却不留一丝痕迹

踩在脚下的是路
挡在前面的也是路
我在路上跌倒
爬起并抓一把泥沙

生命就如一束稻谷
风起则扬
风去则挺
动荡无定匆忙
却不存一丝悔意

握在手中的是舵
装在心中的是梦想
我背上包袱，明确航向
接下来只要做一件事
走下去
朝着理想的远方

自得·长短四赋

苦旅

船载荆戈脚踏山，
何谓风雨何谓忧。
大人何求鬓渐霜，
不取功名矢不还。

观钱塘江

立倚江堤，水流涨腻。
浪欲冲天，去而复返。
形如奔马，声似惊雷。
日月流云，仙龙何在。
叹江水狂，尚忧身薄。

塞外边城

一缕残阳照，
一夜萧瑟曲。
谁家灯火明?
孤魂野草归。
天际识芳华，
南雁寄愁思。
垂柳浮青水，
影船照墨月。
曲终人亦散，
何怨天作人。

咏君

缪镡沧海权宜计，不争九州在朝夕。
浮游一出浅水游，泞尘风餐具饕餮。
会之摧眉事权贵，鹏举不折发冲冠。
狞死霄汉贯长虹，岂是金鳞化龙羽。
如日中天旷古名，天地大同流芳世。
君自衔来君自至，未赶悬河千钧际。
今朝一厘转无极，他日百丈化乌有。
尚节厉行尤不染，无量际会不虞誉。

七、消磨的时间可以证明一切

“且行且珍惜”，一路行走，一路酸甜苦辣，一路风景常新。“行脚僧”就是在用行走诠释生命。生命本是一场漂泊的漫旅，我们会走过许多地方，遇到许多人，发生许多事，留下许多回忆。然而这所有的所有最终都将成为驿站，成为过客，渐渐远去。如果不小心遇见了烦恼，就看开些吧，否则受折磨的是自己。有时会讨厌不甘平庸却又不好好努力的自己，觉得自己不够好，羡慕别人闪闪发光。其实大多数人都是普通的，只是别人的付出你没看到。不要沮丧，不必惊慌，做努力爬行的蜗牛或坚持先飞的笨鸟。总有一天，你会站在最亮的地方，活成自己曾经渴望的模样——到那时，你会明白，消磨的时间可以证明一切。

困境中孕育的优势

通往人类伟大境界的道路必是苦难的道路，我们会遇到重重的障碍，虽不止一百次地跌倒，仍要不止一百次地站起来。自古天将降大任于人，必先置其于困境，这是上天的一种考验，考验你的真才实学，这样以后才会助你增添前所未有的能力，再让你挑起等价的重任。那些没能彻底打败你的困境，只会使你变得更加强大，强大到不会被同样的困境所困。

有的人一辈子都不会遇到困境，一种是生来平坦顺畅，无欲无求，即使是看到困境也会逃匿得无影无踪，孰不知在远离困境的同时你也错失了那一次次摆在眼前的机会；一种是一直待在困境的中心，以为这就是大千世界，没有反抗，也没想过要挣脱出去，更不要说遇到更多的美好了；另一种是将困境看作走向成功的台阶，他们走过弯路、犯过错误、进行过斗争、激起过浪花，从对困境的无知直接跳到了对困境的不屑，既然已经不把困境放在眼里，那它又怎么好意思贸然来阻挠你呢?

困境不是桃花源，无需多加留念，找到它，面对它，战胜它，这就是你所要做的。

真正的强者不会因为一点小挫折而不走路，他们会迎战挫折以证明自己的实力，从而使其折服让道。他们展现出了一种精神，一种“千磨万击还坚劲，任尔东西南北风”的精神。他们在困境中奋斗，虽说张弛有度，但却从未停歇，不耻落后，百折不挠以蓄势待发。这个世界上没有无些许尘滓的坦途，也没有不可破的逆境，面对大海中的礁石，多少船只与之触碰撞得粉身碎骨，多少洪流与之交触激起美丽的浪花，多少拂逆和噩耗与之沦落，甘做暗礁，不做岛屿，妄图将磨损的铁屑铸造成迎敌的钢刀，却不想打磨了一把逆刃刀，将最危险的一面对准了自己。在这个认同强者的世界，悲观的唉声叹气得不到任何同情。想要追上那些强者，最快的方式就是去挑战那些连强者都望尘莫及的困境。

经历过了困境，无论成败，对你来说都是一种优势，因为你敢为人先地品尝了那苦果。等别人嗅到苦涩之气的时候，你已苦尽甘来，这是先人一步的优势。每个人都希望有个安逸的生活环境，但感受人间疾苦也未必就那么糟糕，若是已经经历了最坏的，那结果往往能更令你满意，这是心理调适上的优势。困境给了我们压力让我们想方设法去正面解决问题，以一种全新的视角来看待眼前的一切，用与天斗、与地斗、与困境斗的勇气来替换随遇而安的惰性，这是思维理性的优势。困境可能会伤害你的身心，不过只要你意志坚定，它也无可奈何。困境犹如一匹饿狼，你若向它示好，它定叫你留下满身伤痕作为纪念。这样也好，“吃一堑，长一智”，长长记性，下次别吃力不讨好便行了，也算是一种优势。你若是朝他放两枪，告诉它别白费力气，来了也讨不到好，那它就会屁滚尿流地夹尾而去，哪里还敢来冒犯你。

一颗茁壮的大树，不一定是在种子时期夺取了更多的养分，也不全靠肥沃的土壤，也许正相反，它没有落在肥土而落在岩壁中，却因此得到了更多的锻炼，更能抵抗外界的侵袭。不论棋局、游戏或是人生，置之死地而后生也不枉为一种套路。大难不死，必有后福；能被所困，必有所得。化险为夷并非凭空而化，险是在通过苦难走向困境的旅途中化解的。如果一遇险就心如死灰、故步自封、一蹶不振，那险永远都只是险，不可能迅速跨过，更找不到衔接的桥梁。

遇到困境害怕是人之常情，不用为其掩饰，但害怕归害怕，动摇不了我们的意志，只要找到一个契机，我们就全力向前。卓越的人都是从困境中走出来的，面对不断被剥夺权利的无底黑洞，勇敢地站出来，正确面对自己本性的弱点，用生命的镣铐吟奏出美丽的乐章。敢跟困难较个高低的人，不是更帅吗？让困境知道你不是好欺负的，就在困境中为蜕变吮吸精华，作为高飞的燃料，你就每时每刻都在进步。

梅花香自苦寒来

人生好似一条漫漫旅途，有无数条沟，无数个坎，但这些都不能阻挡我们前行的步伐。不经历风雨，怎能见彩虹，当我们跨过沟，跳过坎，成功就会出现在我们面前。

上天在史铁生的大好青春时期跟他开了一个玩笑，使他的双腿形同虚设。这毫无疑问是对他人生的巨大打击，但是母亲没有放弃他，每日对他细心呵护，相信他必将苦尽甘来。史铁生虽然丧失了行走能力，但他依旧潜心苦读、力学不倦。终于，皇天不负有心人，在母亲的信任与史铁生自己锲而不舍的坚持努力之下，他用不能行走的身躯，统领了一个行万里路的远航者的心灵。

史铁生为了活着而写作，他坐在轮椅上度过漫长的生涯，却比“站”得高的人先爬上了高峰；他在瞬息万变中感受一股静气，却率先将触摸到的热烈传至永恒。他经历的苦难比我们多，对人生存在意义的拷问、剖析与领悟也比我们多得多。史铁生不再认为死是一件急于求成的事，也许他一再对世界失去信心，但可以肯定的是他从未对自己失去信心，因为他还拥有生命，还拥有自由的灵魂，可以用来填充自己的身体残缺，提升心灵的高度。

史铁生说人生有三种根本的困境，一是孤独，二是永恒的距离，三是恐惧。前两者都是形式上的困，后者却是心理上的，也是最可怕的。一个人就像一根琴弦，拉紧了才能弹好，如果紧张得发起抖来，就连面对困境的资本都没有了，更不要说什么美丽的音律了。我们时常在悲伤与理智中徘徊，在清醒与怨恨中游荡，饱尝了人间苦暖，经历了起伏跌宕，却还是受阻于苦寒牢笼。唯一能够解脱的方法，只有撬开心灵的枷锁。

很多人都听过爱迪生这个名字，大多数人认为他是科学界的一个天才，但又有多少人知道他失败的次数是成功次数的一千倍呢？爱迪生在无数次实验操作中，偶然发现了一种电丝，之后几年中他试验了数千根电丝，终于做成了世界上第一根灯丝。“天才是1%的灵感，加上99%的汗水。”这是爱迪生的至理名言，而他也用自身的成功证明了这一点。

没有人会过问你成功前败得有多惨，但当你为了成功而喜悦的时候，一半由于成功的收获，另一半却由于失败的收获。谁都不喜欢失败，可谁也都逃避不了失败，能为了下次不失败而失败的精神，便是花开的前奏曲。史铁生在听到花开的声音前，迎接他的是难以捉摸、微妙难测和不确定性的黑夜；爱迪生在埋下惊奇的种子后，等待他的尽是渗入骨髓的沉痛洗礼。这些都未能使他们低头，他们的雄心壮志没有因此而丧失殆尽，当血液流过每一条血管，当生命牵连起脉搏的每一次跳动，他们的意志都会变得更加坚定。

“不经一番寒彻骨，焉得梅花扑鼻香”，只有经历过困苦严寒，才能感受到成功的喜悦。任何一个人的成功都不是随便得来的，必定是经历过了一重又一重严峻的磨砺与考验，我们才心智健全，思想丰富，才能闻到成功的花香。记得哈佛大学图书馆有这样一句话：“如果现在睡觉的话，会做一个美梦；但如果现在读书的话，可以将美梦变成现实。”只有从当下做起，不懈努力，才能成就一个又一个香若梅花的美梦。

舍小利以谋远

当今社会讲究可持续发展，放长线才能钓大鱼，将目光放得更加长远一些，舍弃现在微薄的利益，以谋求以后更远的发展。随着时代变迁，物质观念变得越来越重要的今天，必然会有不少急功近利，这也是必然的。但人生的图腾不是单一的，舍小利，方能谋远，面对好处与诱惑，我们要坦然对之、淡然处之，不为蝇头小利而折腰，这样，等待我们的将是一笔更大的财富。

丹麦人钓鱼会拿把尺子量量钓到的鱼，将尺寸不够的鱼放归河中。也许有人不赞同他们的做法，甚至会调侃说这是一种歧视，一种对鱼的歧视，况且，将自己辛辛苦苦钓到的鱼放回去又是何苦呢。但恰恰相反，丹麦人等于是把这些鱼寄养起来，等到它们长得够个儿了再抓也不迟。这就像孟子所说的："数罟不入洿池，鱼鳖不可胜食也。斧斤以时入山林，材木不可胜用也。"如果你一味地渴求眼下的利益，那没有什么是取之不尽、用之不竭的，斩草留根，去树存果。不局限于眼前的小利，深谋远虑，是为日后之保障。

20世纪30年代，美国发生了一次环境灾难，在其东部形成了东西长达1500英里，南北宽900英里，高2英里的一个黄色大沙尘带。狂风连刮了三天三夜，席卷了美国三分之一的大陆，造成了巨大的损失。经考证，这次的灾难便是由于那里的人们过度乱砍滥伐所导致的。为了一时一己的私欲或是迫切需求，去破坏植被，其导致的恶果是如此巨大，因此，人类不能打破大自然的生态平衡。人们在生产活动中无限制地向自然界索取，危害到了应有的平衡，所以才酿成了这场恶剧。试想，要是人们有节制地与大自然接触，保持生态之间的和谐，长远地规划不是随心所欲地奢望，得到的硕果将会是无与伦比的。

舍小利以谋远，舍是一种境界，是自然界发展的一条必由之路。有舍就有得，舍去你该舍的，便会得到你该得的。有一种舍是永远的，舍弃了便再也不会回来，无需留念，以后还有更好的在等着你；还有一种舍是暂时的，出于无奈或必须将其暂且搁下，但不必担心，来日方长，属于你的谁也拿不走。

梅花舍下了春日的舒适和安逸，方可于雪中一笑，胜雪一段香；大地舍下了绚丽斑驳的黄昏，方可迎来旭日东升的曙光；老天舍下了困惑不已的琐事，方可得到天地大同的心底无私；你舍下了眼前半步可及的虚荣，方可得到响彻天地的永远的掌声。世间就是这样，那些芝麻丁点儿大的利益都是为了引诱你、考验你，看你有没有这个能耐、这个福分去品尝那最后的战果。

唯有舍，方可得，有时舍弃一些小的成功，少一点儿沾沾自喜，少一点儿怨天尤人，你便可离真正的成功更进一步。舍小利，以谋远，你的眼光放得有多远，你达到的成功就有多大，此刻的放弃只是为了下一刻的蓄势待发，在走向成功的道路上，你总是在不断地舍，又在不断地得，但你得到的，一定远比你舍去的要多得多。

有几只麻雀

一天，小安东尼推着坐在轮椅上的老安东尼在大街上闲逛。周边树木一棵挨着一棵，相比后面的电线杆，这些树显得不那么挺直，却令人赏心悦目。突然，老安东尼问小安东尼说：“你说那电线杆上有几只麻雀?”小安东尼粗略地扫了一眼，不假思索地回答道：“有11只。”“有几只麻雀?”老安东尼望向电线杆后更远的天空。小安东尼以为自己数错了，仔仔细细地又数了两三遍，确定无误地说：“是11只，没有错。”老安东尼抬了一下眼皮，将视线转向小安东尼：“上面有几只麻雀?”小安东尼已经厌倦了父亲的询问，觉得父亲是在愚弄他，就转身把轮椅推到了看不到电线杆的地方，略带不满地说：“要不相信，你就自己去数，我现在要回去了。”老安东尼没有说什么，只是两眼盯着地面看了好一会儿。

没过几天，老安东尼不再硬朗的身体也撑不住了，他走了，只留下小安东尼一个人。小安东尼在整理父亲的房间时找到了一本日记，上面记载着自己从小到大与父亲一起的各种经历。小安东尼看得有滋有味，直到翻到那一页，他停顿了，视线模糊了，泪水滴落在日记上。

那一页上这样记载着：“安东尼4岁了，我带他出去玩，一户人家的阳台上招来了许多麻雀，他问我有几只，我告诉他有9只。就这样，他问了7遍，我也一模一样地回答了7遍。今天，我非常高兴。”

叹天凉好个秋

在鲁迅先生的后园墙外，一株枣树和还有一株枣树的叶子快落尽了，这是阳光凝固的季节。白日里的掩饰在夜晚释放出了真实的情感，一阵秋风吹过，共长天一色的秋水在寒潭青苔的映衬下更显潺湲之美。

这就是秋啊，如同人到迟暮的铿锵，是无韵之秋赋、累累之景图。无论是林语堂口中秋天的况味，孟超对秋的感怀，冯骥才以秋天的音乐撩拨心灵，还是丰子恺的《秋》，都咏叹了不朽的精魂。秋的韵味是要靠品出来的，那份浓醇精炼，是愈回味愈长久，愈领略愈细微的。

中国的文人、诗人、艺术家，大都偏爱四季中的秋，以秋来寄托情怀，以秋来感怀思念。秋是天转凉的标志，是悲凉的象征，徐志摩印度洋上的思念便全充斥在这寂寥云烟的秋月之中。而写秋的人大部分也倾向于写北国的秋，而非南国的秋；更擅长于写秋声、秋色、秋夜，而非一些山河湖海、风花雪月、醉生梦死。要说这对北国之秋的眷恋情感，为首者当数郁达夫，他在北平时曾说："这北国的秋天，若留得住的话，我愿把寿命的三分之二折去，换得一个三分之一的零头。"可见，在他们眼中，暖秋的残绿胜过初春的新绿，北方的秋胜过南方的秋。

我是一个南方人，南方的秋是我家乡的颜色，虽未去过北方，但漫山红遍、层林尽染、枫叶如丹的香山红叶早已从书中赏识过。南北之秋中分不出好歹，只能说各有特色，各随天道而已。每个人心中都有各自感叹秋的缘由，也许是为这立秋风景画的韵味所动容，也许是在秋中看到了自己那失群而不失凛冽个性的缩影，也许是期盼着酣梦中的仙境变为梦寐以求的现实。不管怎样，凉飕飕的秋，深了，美了，风吹动着云中的寒露开始凝结成霜。

有学识的人爱秋，除了因为这静穆神秘的季节里蕴藏了一份悲哀之外，还有另外一个原因。如果用四季来比喻人的一生，那秋就是一个人已经远离青春而又算不上翁叟的年龄，那时明眸皓齿的我们已略显粗糙苍老，我们生命中最成熟、最稳重、最深沉、最练达、最沧桑的时刻，已在慨叹渺沧海之一粟，少年之雄心壮志已无，再也经不起人生浪潮的大波动了。而人们往往以秋来抒发自己为生活所累，岁月蹉跎，一事无成的内心苦涩之情，将秋作为知己，倾诉那已逝去的相信青春永存的年龄。多么残忍，多么刺骨的心凉。

罗兰的《写给秋天》中对于秋的了解是冷然的清醒、超逸的豁达、不变的安闲和永恒的宁静，更得金风乍起、白露初临的神韵。所谓清秋佳节，不止是油绿中红叶点缀的粉黛胭脂，还有一种冲淡人心的闲散和真正的清爽平淡，仿佛消去了城市的喧哗，换来了村舍间的虫鸣，仿佛收纳了冬的寂寥、春的张狂、夏的豪爽，由澎湃到平静，由汹涌到拍岸，由激荡到缓然。由此，人们图染的诗画中不再徒有悲怆、泣怀，开始融入一种未曾触及的东西——秋刹那间带来的寒飙及沁入人心的凉。

“空山新雨后，天气晚来秋。”王维的这句诗可谓是写秋的典范，秋雨初晴后的旖旎风光和乡村的淳朴民风不正是对秋最好的写照吗？“空山”传达了清新、宁静、淡远之境，是秋空灵而不空洞的闲适之美。而“晚来秋”就可以看作是那过往行客叹息自己已近深秋、不复当年。不管有多少人感叹过天凉好个秋，不管有多少人还在感叹心比秋凉，感怀是随年龄的增长而加倍的。不免秋心稚嫩的我们，还不至于让黑云硝烟弥漫我们的心境，毕竟秋还不是完结的时刻。对我们来说，秋，意味着收获。

迟来的生育教育

相信大家小时候都曾问过父母自己是从哪儿来的，而父母总是含糊言辞、拐弯抹角地来回避我们的问题。到了上学的时候，老师也大多是避重就轻，觉得我们年龄还太小，有些事物不需要深入了解，知道多了反而会影响学习和生活。但事实真就这样吗？难道生育的知识不也是教育的一部分吗？

出于中国较为保守的民族风情，父母一般会直截了当地回答，是爸爸和妈妈生下了你；但你要是再深入追究，他们往往会无言以对或一笑应之。在他们的认识中，这类问题不该出自一个孩子之口，他们认为孩子只是不经意地随便问问，扯开话题就不会再想了。但是他们不知道，孩子问问题往往是最认真的，他们已经忘了自己像孩子那么大的时候也曾问过同样的问题。

孩子不懂就问不是什么过错，他们不会因为问题的尴尬而不好意思，也不会因为问题的深奥就不想知道，可长辈们却始终不敢正面应对，不是因为他们怕孩子怎么怎么样，而是他们在害怕自己的内心。然而孩子是最敏感的，小时候的一些话语、行为记得的时间是最长的，他们下意识地受其影响，认为生育是一种陌生而不可接近的事物，自此将生育知识定义为敏感知识。确实，人类自从知道要用东西、衣服来遮挡身体部分部位的时候，就已经表明人类在生育的概念上有别于其他动物。父母的职责就是要把自己的生活经验传授给其子女，以此来完成人类不断的进化，难道当孩子指着自己的下体问你这是什么的时候，你不应该像说手、脚一样正常地告诉他那叫什么吗?

最可怕的事情不是不知道，而是不知道后的胡乱猜测。孩子的好奇心是最重的，这样那样的原因总会促使孩子去探求真理，这是好的。但如果在没有依据的情况下抱着试一试的心态去胡乱来，是会造成可怕结果的。这一点不用多说，谁都不希望它发生，可父母却总在孩子做错了事、挨了批评后再去告诉他们道理与知识。

《沉默的羔羊》中有一句侮辱性的台词：“我能嗅到你下面的味道。”这句话中的“下面”二字若是换成其他，如“身体”，那最多算是威胁，即便勉强联系上了羞辱的意思，好歹也冠冕一些。而片中这句话的“受害者”并没有因此而暴跳如雷，或是羞涩难堪，还在被问及的时候淡定地重复了一遍原话。这表示思想开放的文化人对恶毒的调戏话语可以自然免疫，而那些对身体的一些部位加以侮辱、爆粗口的做法充其量是鄙俗、浅陋者的“游戏”，若是以玩笑作为借口，就更不可原谅了。

可见这位“受害者”受到过良好且全面的教育，她不觉得自己身上某些部位是不堪入耳的，她也对那侮辱的言语充耳不闻，因为一个正常的人绝不会说出那种话。

父母长辈不肯在孩子面前坦白生育为何，八成是因为他们也会对此类问题感到尴尬，因为他们小时候也是这样过来的，也受到了这种蒙蔽性思想的限制。试想要是从小就明确地告诉孩子们人类身体的奥秘，循循善诱地向他们阐述知识和道理，那么我相信，将来，人们再不会因为谈及所谓的“敏感”话题就顾左右而言他。

如今的教育日趋成熟，教学方面也越来越全面化、具体化，将生育知识分为了生物学和心理学两大类。前者是教授大家基本的生育理论，后者则是为了让大家对于生育的教育有正确的认识。也就是说，既要懂得道理，又不能歪曲了道理，对身体的了解与对大脑思想的控制力缺一不可。

模仿罪

窥当今世事，模仿之风盛行，就像一位名人说的："模仿是人的本能，天性所使，同时，模仿也是人的最大缺点之一。"不错，人处风中，一定要随风而倒吗？在见风使舵中把自己建立的威信消磨殆尽，使人开始发生变化，开始想要发生变化。一个人不会变得更好或是更坏，只会变得更适应这个时代。人生就是一趟模仿自己的航程，有的人听从了风的呼唤，有的人却成为了自己。

每一个有良好教养或是明辨事理的人都会模仿身边比自己更优秀的人，每一个成功者都是从模仿开始的，我们也应当向一个聪明的模仿者看齐。但是单靠模仿就想要超越，那是痴心妄想，一旦你下定决心了要往哪边靠齐，就务必要有创新的技术作为后备能源。人类长久以来一直在模仿动物的本能，让我们即使没有翅膀也能飞，没有腮也能在水下呼吸，这依靠的都是人类模仿的本能。但学习绝不能局限于模仿，不然没有科学技术支撑的几百吨金属怎能飞上天际？有些东西只能体会，不能模仿，未经深思就完全模仿的行为，只是换种形式地侵犯他人权益，可以被指定为盗版侵权。说得再严重一点，此类不加思考的模仿，是一种罪。

现在，跟风的人往往比掌风的人多，更有些人无谓地跟风，不分美丑。掌风的人确实辛苦，也许他们挥了几天几夜的风，只是与飞蛾扑扇一下翅膀来的风等效，但起码他们还能够明确风向。老年人想要模仿青年人的朝气蓬勃，却不知自己那把骨头是否还扛得住；青年人想要模仿老年人的老成世故，却不知经验和眼界是模仿不来的；生灵想要模仿时间的无穷无尽，却不知自己的时间是有限的；后继者想要模仿英雄的壮举，却不知惨淡之路已在前方。当我们一味地讲求模仿时，殊不知前人的一言一行也许会带着我们一步一步踏进火坑。

从古至今，模仿的形式大同小异，而其结果却也分伯仲。邯郸学步，东施效颦，鹦鹉学舌，模仿是天性使然，这天性若是变得盲目混沌，面临的只会是失败。毛泽东学习苏联的“城市包围农村”失败后，转而实行“农村包围城市”的策略，结果大获成功。过往时代中的成功案例也许只适合那个时代。毛泽东的智慧就在于其敢于改变陈旧的方法，而不是因为前人尝到了甜头，自己就一定要这么做。复古的模仿难道不是犯罪吗？将不适宜的体系强压在一个人或一个社会上，现实终有一日会还以颜色。

很多人的仿效模拟是出于愚昧的嫉妒心理。看一个市场做得好了，就去模仿它的规划；看一部产品销售火了，就去模仿它的造型；看一个人长得俊了，就去模仿他的容颜。这样的模仿只会毁了你，让你越发感觉到自己的卑微，因为这些行为已经彻底表明你对自己的不自信，从心底里发出自己永远比不上别人的哀嚎。人生最大的罪莫过于对自己的怀疑与鄙弃，别人说什么做什么最多客观地打乱你的心弦，但你自己要是也这么认为了，主观上的意识是很难改变的。由此，你就会一次又一次质疑自己外在或内在的实力，彻底陷入无休止的模仿之中，将脚下的路越走越窄。

必须要独自孤独面对的冥思之路，可意会不可言传，更不可以模仿。每个人都有各自的路要走，每个人的路都应该是个性化的，模仿出来的阳关大道终不会迎合你。何不踏上那根潇潇洒洒的独木桥？能做到风格独树一帜的作者叫文学家，能在同一视角中创作出不同东西的绘画者叫艺术家，能深入简出忍气吞声而在关键时刻一鸣惊人的布衣叫赢家。人生来就是有缺陷的，学习外物的聪明才智本是十分必要的，但若是一味不动脑子地模仿，难道要人家尊称你为“模仿家”吗？

模仿有其善，亦有其弊端。当看到他人因取得成就而津津乐道时，你要做的是坦然承认自己的差异。你可以模仿别人，模仿得惟妙惟肖，甚至比别人更胜一筹，但切不可缺少了最为重要的自己的心。如果人生只是在承袭过往云烟，那就是一种罪，罪名是对不可估摸之未来的不负责任。

我狂故我在

人生不是春秋大梦，得意忘形后不留任何痕迹；人生不是飞鸟行空，洒脱自在后不受任何禁锢；人生亦不是如玉琥珀，沉默百年后不乏一丝通透。我们无法期望世界怎么样，因为我们无力改变，失望与绝望在其中都是常态。但我们可以改变自己的人生，让它丰富一点、精彩一点。狂，不需要解释。

少年狂。年少轻狂，意气风发，这是一种浩气。行走在灯火辉煌的大街上，气宇轩昂地手指天空，呐喊一声，狂傲一会儿，对着天空许下诺言，大声地将梦想喊出来，无遮无拦，九州共鸣。

老而狂。老骥伏枥，风光不减，这是一种底气。漫步于海边，身后的足迹早已被海水冲刷得干干净净。嘶吼几声，豪气不减；惆怅几回，聊发少年狂。风吹走了时间，吹白了头发，当初的诺言是否还记得？

狂，需要目标用来铺路。狂不是凭空产生的，不是因为你长得高大就能狂，不是因为你生得漂亮就能狂。要有一种由内而外散发出的气质支撑你的狂。首先，你需要一个目标，有了目标，就不用再等待了，相信你内心选择的方向，也许这条路不是最好的，但它一定是最适合你的。瞄准天空的人总比瞄准树梢的人要射得高，目标决定了你今后的方向，也决定了你可以狂的程度。通向目标的道路总是崎岖而艰难的，但请记住一点，千万不要因此而松开你手中紧握的方向，也许下一刻迎接你的便是灿烂阳光。

狂，需要努力作为本钱。人活着就要为自己锁定的方向努力，就如同一个不停旋转的陀螺，这样的人生才值得狂。岁月流逝，给我们的记忆覆上了一层薄纱，有喜悦，也有伤痛；有成功，也有失败；有满载希望兴致勃勃的追寻，也有望而却步的恐惧；有为自己勇气和睿智的自信骄傲，也有偶一失足之后的追悔莫及；有风光过、把握过、迷恋过、奋斗过的上下求索、乐此不疲，也有沧桑过、困惑过、硬扛过、懵懂过的身心俱疲、焰火四散。我们鞠身拾起沙滩上一枚枚沾满点点泥沙的贝壳，或许有人认为这只是小孩的消遣，不过，当我们拭去泥沙后，这些贝壳的闪耀的光芒会令他们瞠目结舌，此刻我们不也很狂吗？

狂，需要坚持不懈来提供能源。风花雪月，时间追不上白驹，在这条路上经历的多了，泪水与汗水都被蒸发干了，当年为我们遮风挡雨的天使般的翅膀如今已残缺不全，而我们也已经能够独自迎风破浪了。那么，最初的梦想你是否还记得？当初与你携手共进的人，与你分享情感、伴你笑、伴你哭、伴你疯狂的人，曾经最美好的时光你是否已经遗忘？不用回答，这一切的一切都深深地刻在了你的心里，相信你至今还坚守着那份信念，坚持不懈。当年的狂，如今的狂，纵然感受不同，辗转流离，只要你的生命还没有飘然而落，就请带着这份狂再走下去。

狂，不是为了兄弟义气而鲁莽，不是因为位高权重而自满，也不是因为老于世故而目空一切。靠自己的本事和毅力完成了别人做不到的事，这才使我们有资格狂。

人生不能改变，但所走的道路却是由我们自己来选择的，我们有可以挥霍的资本，有天使般的保护，有提琴的曲调，有想要珍惜的人，有在身后留下的一道道涟漪。我们有过期许，也有过无声的抱怨；我们醉过一场，醒来时却比任何时候都要清醒。我们的梦话依旧攥在手掌心，我们看遍人间色相，又听见那个声音在呼唤我们——那是我们最初的梦想。

我狂，故我在！

一跬步，穷途的倔强

人生往往受到权力、财富、名声、物质上的诱惑，多少人沉沦于其中，又有多少人能有那份铁打不换的自矜和韧劲。如果有，那该多么动人！

人生犹如歪斜的火焰，有的往权力那儿蹿，有的往铭心的自由那儿蹿。无论蹿到哪儿，结局都是化为灰烬，只看你是要变为诗人的莱茵河还是腐朽的枯寂。法国诗人阿波利内尔曾说："当年我有一支芦笛，拿法国大元帅的节杖我也不换。"这是人一辈子该有的坚定，知道什么是重要的，知道什么是比重要的更重要的。人生无不是在为自己的生活理想、生活信念或志趣爱好站岗，有时这些精神的寄托物会懒散，会短暂地厌倦，进而将你推向征服欲和诱惑的一边。然而，当被自己决绝的感发力牵引回来，你会发现，你已经找到了最具魅力的东西，它就在你深邃的目光之中。

不换就是不换，即便是走到穷途末路，也要保留最后一丝的倔强，守护那心中最为宝贵的东西。两手空空的我们是不是就无法安顿心灵的归宿？无法自拔的我们是不是就无法享有最后的沉溺？望着远方的我们是不是就无法企及光亮的味道？是什么时不时被拖拽在大篷车后面？是什么渴望着杯中满溢的颤动？是什么谛听着生命之歌的倔强？又是什么凝住袅袅不绝、余声依旧的对于自由钟声的吟诵？也许只不过是你面对绝境的一小步，但却决定了你和醉去的独乐讴歌之间咫尺天涯的距离。

阿波利内尔的芦笛就代表了自由的权力，这种权力是大元帅的节杖甚至连罗马天主教会都无法赋予的，这自由涵盖了追逐梦想的权力、理论信仰的权力、知其不易为而为之的权力。

达尔文公布进化论的时候遭到了全世界的反对，牛顿发表对苹果下落的认识时遭到了物理学各领域学术要员的抨击，安徒生出版童话故事集时遭到了尖酸刻薄者的极力指责。那又如何？就算全世界都不认可你，只要你自己认可就够了。布鲁诺至死捍卫真理，为了什么？不为什么，这是他的自由，是他对于自己所相信的事物做出的崇高无上的决断。在生命的最后一刻，许多人仍旧选择心存最后的倔强，不是为了有朝一日能让自己得到认可，而是要誓死保卫自己的自由，那份抛开世间恶俗，对于至高无上的权力不屑一顾的自由。至于那所谓的他人的认可，世界的认可，他们全不在乎，因为他们自始至终相信的都是自己，他们有这个自由去充分相信自己。

“天行健，君子以自强不息。”人一生最伟大的一步，不是在生命燃尽之前得到想要的，是那屡仆屡起为了“芦笛”而战的决心。疼痛是走向自由之海的催化剂，而倔强就是处理这疼痛的平衡剂，当你受到不等价交换的困扰而苦恼并难以继续前行时，请咬一咬牙，接着走下去，因为，跬步以积，千里以成。

心有多大，舞台就有多大

莎士比亚说过：“一个人，要有梦想地活着。”因为只有有了梦想，才会有奋斗的动力。

每个人都会做梦，梦是缥缈的、虚幻的、模糊不清的，所谓“日有所思，夜有所梦”，一个你昼思夜想，年复一年、日复一日的梦，便是梦想。梦想无论怎样模糊，总潜伏在我们心底，使我们的心境永远得不到宁静，直到这些梦想成为事实。可问题是，你的那个梦想能否那么轻易成真？如果一直不能，那你是选择在众人熙熙攘攘的喧闹中安然退下，还是选择努力一把，再努力一把，相信自己，相信你的心有多大，舞台就有多大，相信你早晚有一天能驰骋于乐此不疲的风雅之中。

拿破仑小时候在沙地上玩耍战争游戏的时候，就想象着自己成为一名将军时的情景，最终他成为了一名叱咤风云的人物。或许有时你会觉得梦想遥不可及，那是因为你根本不知道你有多少潜在的能量。这些能量就如同一幅画，慢慢欣赏，才能看出其中的韵味；就如同一杯茶，细细咀嚼，才能品出其中的道义。这能量有时只是很容易被习惯所掩盖，被时间所迷离，被惰性所消磨，但只要你相信自己的内心，追寻自己心灵所属的方向，世界不会只留给你背影。

每一个繁花似锦都经历过千回百转，在追逐梦想的道路上亦是如此，我们睁眼碰壁、交错前行。有时我们会横冲直撞，有时我们会迷途知返，也有时我们会在一个点上旋转多次，那就让它转吧，累了，转不动了，自然会停下，就像一枚旋转的硬币，当它转得精疲力竭的时候就会停下，这时的方向那就是你心灵所属的方向。不要害怕会就此受伤，受伤是难免的，对于一颗追梦的心来说，当你真心想要某样东西时，整个宇宙都会联合起来帮你完成。

心有多大，梦想就有多大，让你绽放的舞台就有多大。梦想就像一滴水，洒落在你生命的长河中，看起来分量不大，对你的流淌无多大影响，但不要忘记，这滴水早已融入你的血液，早已成为你生命的意义所在。

一种梦想，就是一种气度，只看你心灵的弧度有多长。梦，白日梦、黄粱梦，魂驰之梦、如痴之梦，人生如梦，就看你想做什么梦；想，想思进、想天开、想当然，冥思苦想、痴心妄想、遐思云想，就看你梦里想怎样。此二者皆平平无奇，人人都会有，却又人人都不同，一旦将其有机结合，形成了一股子气，能量将是不可限量的。

一种梦想，就是一种力，只看你想要的舞台有多大。梦想，只要你一直坚持着，视其为心头之物，持续努力，时间长了就成了现实。无论时代如何变迁，人们总是怀揣着梦想，这是一个好习惯。现在我们所做的一切都是为了梦想而在蓄力，等到蓄满之时，也就是我们张弓搭箭之时，到那时谁也阻挡不了我们直冲九霄。这份力度是前无古人的，射出去的这条直线是笔直不弯的。

心有多大，舞台就有多大。你从一开始追随的就不是别人，你看到的站在你身前的影子是你即将留下的，你一步步追随着自己的身影，感觉有了依赖，可实际上你依靠的那个高大、伟岸、看似永不能及的身影，只是你自己的缩影，只因为，这一切，全都是你的心灵早已为你筹划好的。

八、还未到达的地方叫远方

最近，有一句流行语“世界那么大，我想去看看。”但是想去看看是一回事，能不能去看看又是一回事。以前有首歌叫《我想去桂林》，可惜有时间的时候没有钱，有了钱的时候又没有时间。是呀，人就是那么矛盾：谁不知道文学的最高境界便是读万卷书，行万里路？你让一个高中学子怎么去实现这个目标？好在我们的心灵足够广阔，比天空更广阔！“心有多大，舞台就有多大”，我们可以想象，想象中可以像宋濂那样“负箧曳屣行深山巨谷中”到远方求学，可以像司马迁那样实地考察“究天人之际，通古今之变”。所以，让我们背上书箱，带把雨伞，出发吧；所以，我对你说：“劝君更尽一杯酒，西出阳关无故人。”

爱的起源与进化

人类以及动物大脑中，会对某种事或物产生好感和喜欢，且日益刺激着激素分泌，从而形成了爱。人类最初是杂交动物，那时对于爱的概念还不甚分明，或许也有，但我想更多的是对于母亲的吧，从初闻母乳到鹦鹉学舌，学爬、学步、学跑，就这样，从未停止过。人与人的爱，动物与动物的爱，人与动物之间的爱，可以跨越年龄的各个层次、不同的性别、各异的性格，甚至是种族，最终将无休止的局限变为可能。

对母亲的爱，这应该属于最为深刻的爱之一了吧！这种爱是母亲孕育初始就有了的。一开始你在胎中无可选择地受到母亲宝贵营养的滋润呵护；后来你五官俱全、已成人形，出生后基本上大部分的时间都是母亲抱着你，包括进食、入睡、嬉戏等；之后你能奔跑着冲入母亲怀中，长得比母亲还高，懂得比母亲更多；再之后你能够独立、自己养活自己——到此之前，你对母亲的爱都是被动的爱，也可以称之为依赖。再后来，母亲一天一天地老去，你一天一天地强壮，这时，母亲别无所求，只希望她的孩子也借一个肩膀来给她枕着靠着，就像她当年对你一样。此时的你，无限柔情地注视着枕在你肩上的母亲，自此心中柔情如注——这样就形成了爱的进化，被动的爱进化成了主动的爱，而其起源，仍旧是那世间最伟大的母爱。

有人说相遇是爱的起源。有些相遇是偶然的，有些是必然的，而爱也是这样，这一点似乎说得通。有人说家是爱的起源，因爱相伴，因爱成家，这一点似乎也说得通。不过要说爱是家的起源似乎更合情合理一些。也有人说爱没有起源，亦没有终结。按照浪漫主义的观点来看，这确实没错，但要从现实主义的一面来看，这只不过是逃避求真的托词。那么爱还有更早、更切实际的鼻祖吗？爱的存在无需有形之物见证，它的源头可以是有形的，也可以是无形的。如果你所见的是有形的，那就说明你很纯真，在你眼中一切都是美的；如果你所见的是无形的，那就说明你已远离了那份童稚的单纯，用心来看待爱的真善。每个人爱的方式、时间都不同，它只在一瞬间撕扯你的心弦，稍不留神就错过了，而且错过的还是一列单程火车。所以，请将它紧扣于你的心弦。

现实的爱与童话中反差太大，在爱的关系中往往牵连着责任的束缚和许多不成文的民间法则。时至今日，爱的选择与形式愈来愈自由且多样化，最常见的困扰时常是自己难以左右的轻重，然而这些起码都是你自己能够决定的。科技日益发达的现今社会，爱也随之“进化”，子女向家人亲友的传爱方式变得远程化、快速化、节省化，而这真的是父母想要的吗？

扪心自问，假如这就是爱不断进化的产物，那我宁可一辈子与最原始的爱相伴。父母想要的，不是听你几句慰问、看你发的些许字符，他们只是想知道你过得好不好、身子骨壮不壮实、脸上的情绪表达系统还是否一切正常，这要求过分吗？

抓住你人生还能够幸福的每一个时刻，去爱和被爱吧！爱并非越进化就越完美，片面的进化永远得不到真正的升华。至于爱的起源嘛，我只能粗浅地与你说，大概是这样的……

纯粹的快乐去哪了

快乐本是一种信念，一种能够迎着朝阳的谈笑，能够远离怨怼的纷扰，能够正视生命的残缺，能够忠于自己的世界，能够幻想离谱的真谛，能够在一无所获后依旧维持坚定的信念。这信念伴随着希望，牵系着人与人之间共进的步伐，如临清风，如品美酒，让人解放肉体与精神的束缚，发现心灵的曙光，并让这份信念得以延续。而如今的快乐已变了味儿，人们不再将朝着伟大目标的拼搏视为快乐，却把那“苦旅”后“不知从何而来”的不明所以的结果视为快乐。谁知道那发自内心的清澈嘹亮的信念早已只剩虚壳，这意味着的不是脱壳重生，而是一种撩人的空洞感。当理想的乐园变为艳羡的殿堂，当念想的卷轴变为捷径的秘诀，当大自然的奏鸣曲变为机械的轰隆，当轮回的花开花落变为永远的凋零，当灿烂的休止符变为怯懦的借口，当平静与热爱变为透支与习惯，可否问一句，纯粹的快乐去哪了？

快乐是一门艺术的语言，是一种需要外泄的修养，也是需要信念来支撑的，可以说没有信念的快乐不是真实的。快乐有时不需要多大的理由，无须惊天动地的事业有成，无须壮志高远的一举中第，无须雷霆风云的多加眷顾，更无须他人的许可。一次小小的感动，一点渺渺的生机，一些愚人的自嘲，都可以是你快乐的原因。想笑就笑吧，想哭就哭吧，不要拘束，不要困扰，快乐地笑，快乐地哭，在你想笑的地方，在你想哭的地方，在你快乐的地方。当一切都不顺利，感觉天地都在与你做对的时候，往好的一面想想，起码你还活着，活着就有希望，被笼罩于再大的黑暗中也无妨，只要竭尽全力，就一定会有奇迹出现。仅凭这点，你就应该快乐，而这些快乐都是纯粹的。

快乐离不开一个道字，生性情义皆由道而生，而在中国，道可以总体概括为一个孝字。快乐并非是无意义的，也不能狭义地理解为贪图享受，这个你身体里的纯粹玩意儿可不能抛弃，它能使你的生命继续蹦跳，使你更像快乐的那个你。

我们这一生都在寻求原谅，寻求他人的原谅，寻求自己的原谅。很多人不会怪罪于你，尤其是父母，但你自己却过意不去，这就对了，这说明你能约束自己且不想让别人操心。你难道不该替自己的这一壮举开心吗？这是父母，世上仅有的自始至终无条件对你好的人，他们爱你胜过爱自己。作为一个中国人，不管是中国的古籍还是文学都宣扬一个孝字，你必须将这一笔一画都写好。说父母的衰老在一瞬间，那是因为我们平时没有留意过他们脸上被时间刻上的皱纹，那一条条的皱纹，无不清楚地刻下了我们成长的点滴、离去的身影、青春的叛逆、停顿的消亡以及一页页书写着我们纯真情谊的诗歌。是时候该尽孝了，待那生命的气息还未完全从他们身上渗漏出去之前。渐渐地，渐渐地，父亲不再像当年那样火药味儿十足，母亲不再像从前一般严厉苛刻，因为他们老了，但不变的是那可靠的安全感和啰唆的唠叨，因为他们是你的父母。收一收心，顾一顾家，也许不足以让父母感受天上人间的温暖，也许不能改变你们之间因倔强而紧张的关系，也许尚不够用来弥补那缺失的回馈，但，三两句的闲聊，或只有面面相觑的傻笑，这时你只是你，而他们只是父母，但这就够了，世上又有哪一滴甘露比这品尝起来更快乐的呢？不能带给他们高飞的惊喜不要紧，我能带给他们快乐，带给他们快乐的我；不能与他们共享花容月貌不要紧，我能将肩膀借他们依靠，用四肢为他们撑起一片天际；不能帮他们回避衰老不要紧，我能与他们一同面对，就像他们相信我一样相信他们；很多话来不及对他们说不要紧，我会陪他们一起慢慢变老，这就是我的道。

如今，游玩的人快乐，不是因为沿途的优美风景，而是因为一路有网络；学习的人快乐，不是因为经历了咀嚼的辛酸，而是因为努力之后的成果。当世界都颠倒了，又能到哪里去寻找那纯粹的快乐？那快乐躲到哪里去了呢？或许只是在你心中，或许只是在你手中。

不知从何时起，快乐早已不是快乐，而我依旧是我，我将发起一场寻找快乐的纯粹之旅。

悖论

人们经常能够将相互矛盾的理论自圆其说，却又无法将其与逻辑思维相匹配。这对于渴望绞尽脑汁的人来说很有意思，但着实造成了时间、空间和数学、物理学等的无从考证的难题。悖论会带来无穷无尽的震惊，一步一步把你引导向那个事先挖好的坑中，紧接着随之而来的，就是被你自己所否定的种种确实成立的不可思议的事情。悖论就是要你多想一想，可又跳不出那个箩筐，一遍又一遍的推理看似滴水不漏般严谨，可是却导致了自相矛盾。

著名诡辩家苏格拉底有一句名言：“我只知道一件事，那就是什么都不知道。”可以理解为除了什么都不知道外什么都不知道，这两个句子放在一起确实无法分辨孰真孰假，出现了说谎者悖论。所谓说谎者悖论，是让我们用一个表达式去否定另一个表达式，两个表达式都是对的，但相互共存又违反了逻辑的基本规律。此悖论找不到答案，就比如这句“我在撒谎”。按常理来说语言符号没有问题，可无论是哪一个逻辑学家也不能够找到毛病的出处，矛盾的勾画引出的悖论打断了我们正在享受的逻辑蜜月。

如果说爱因斯坦由于大胆打破牛顿定律而有了相对论的改变世界，那么悖论将会化诸多不可能为可能，化绝对为相对的矛盾。当一个物体的移动速度跟光速一样时，就是静止的；当物体的运动速度超过光速时，时间倒退。这是相对论证明出来的平行宇宙，也可以说是相对论的时间悖论。

时间悖论经常在科幻小说及电影中出现，主人公穿梭古今未来，在我们看来是不可思议的，但不要忘了，既然被归类为科幻，就会有一部分人类对未来的幻想、憧憬，也有一部分的科学。这三维空间之后的第四维——时间便是这个悖论的中心，当一个人进入了另一个平行世界，他就违背了已知的物理法则。在此，绝不是说时间悖论不可能，但要是试图去改变这个或那个世界的容貌与姿态，后果绝对是很严重的。

《闪电侠》可以说是美剧中最具科学味儿的了，其中不仅展现了美国的强大科技，更流露出了美国对于突破理性概念的思考。巴里·艾伦作为闪电侠，通过神速力穿越回去救自己的母亲，在了解真相后道出了一句哲理之言：“那么我救她注定是要失败的。”他是因为痛失爱母后机缘巧合变成了闪电侠，如果母亲没有死，那他就没有这份能力，也就不可能穿越到过去。这跟著名的祖父悖论是一个概念，若回到过去在父亲出生前杀死祖父，就不会有父亲，自然也没有那个他。这样他便不存在，又怎么能回到过去杀死祖父呢？人类对看多了的东西会形成了一种思维惯性，而以后看待任何事物都会依赖这个惯性，导致了人类对理论概念的混淆，就像一个模子用惯了，不管饼、糕、钞票什么的，都往这个模子里放，这是行不通的。而悖论正好打破了这种初始的观念，产生了似是而非的理论，你无法说它是错误的，又不能让其兼容。也许有时你还没下定决心去接受那个荒谬的真实，但这就是现实。

庄子曾经说过：“言尽悖。”世界上的每一句话都是有毛病之处的，从来没有绝对的真理。然而又怎么能说这句话本身不悖呢？

无论是相对论中的时间悖论，霍金的量子引力论中的空间悖论，还是那许许多多小说、电影、动漫中抨击人类思维极限的反论，我们是不是应该思考一下当因素与因素相碰撞，会擦出什么样的火花？相对论相比牛顿第二定律有更多的变量，即更多的变化，更多的可能性，这种思考会造成何种结果不得而知，但绝不是一种浪费。我们时常想着要挽回，但是悖论却让我们思考我们是否真正拥有过，这种思维的转换很容易发生，不过转不过来被掐死在死角里的也不是少数。除了一个地方，到处都有悖论，那个地方是没有地方。

能装傻也是一种福气

见识短浅的人故作学识渊博，叫做逞能；目光长远的人故作充耳不闻，叫做装傻。在寄人篱下或者情形危急之时，装傻也是一种智慧，能够隐藏自己的本领与傲气，展现出自己不尽如人意的低微的一面，甘受胯下之辱，从而取得另一方面更大的利益，这也是一种福气。不过并非每个人都有幸享有这份福气，只有聪明人和傻人才能行。

“傻人有傻福。”此言不假，但何又谓“傻人”呢？此“傻”不是天生的，而是经过后期的磨炼而形成的。可谓：人傻心不傻，形傻意不傻。又加上了一个“装”字，说明在这个“傻”字所背负的，不是唾手可得的，而是沉重的。在不得已而为之的情况下，前无路可进，后无路可退，找不到转折的标记，更没有支援可指望，说不定装傻已然是一种最好且最平静的解决方法了。

装傻注重一个“装”字，要装就得装得像，不然在别人眼里你就是真傻了。装傻的同时，更要加倍保持自己头脑的清醒，时刻提醒自己你的首要任务是什么，为了完成它你不惜一切代价。

宁可装穷，也不要炫耀财富；宁可装傻，也不要自作聪明。真正聪明的人是不会轻易显山露水的，即便是迫切地想看到他人瞠目结舌的表情，他们也会寻找一个最为恰当的时机来行事。而在万事俱备又未见东风的时候，装傻便是准备时最好的消遣了。

装傻装得好是一种本事，能看出别人是不是在装傻更是一种本事。傻是一种状态，而装傻是一种境界。若一个人秉性为傻，与世无争，这就是俗称的大老实人，不妨与其交友，因为他们绝无害你之心。最可怕的就是一个人心里清楚得跟明镜似的，却仍在装傻。就如同你永远无法叫醒一个装睡的人一样，你不可能一语道破他们，又不能为他们所用。这时，你可以与之一起装傻，毕竟在梦中叫醒一个熟睡的人才是最好的办法，傻人的话只有傻人听得懂，装傻之人所布的阵也只有同样装傻之人能够破解。如果你这一路上能碰到一个傻子，就同他一起前行吧，傻傻地活一辈子，又有什么不好的呢？

“一个切成两半的苹果，放了两年都不腐烂，只如枯萎般越缩越小，最后变成淡红色的果干，散发出淡淡的清香。”这就是木村秋则的奇迹苹果。有人说他太傻了，在他成功前所有人都瞧不起他这个不起眼的梦想，为了这么一个“不切实际”的梦想，致使自己众叛亲离、孤军奋战，真的值得吗？值得！再小再遥远的梦想也是值得尊敬的，否定这个词在梦想的道路上从不存在。傻？一切在追梦之路上的傻都是装傻，说到底，你的梦想你的路，只有你能掌控，只有你明白这背后的来之不易，只有你能够让它变成现实。不要管将付出多大的代价，不要管身后还有没有路，因为你只要看着前方就够了，其他要想的事情多了，省点力气吧。

能装傻也是一种福气。在梦想的道路上，每个人都有过无法自拔、深陷泥潭而感觉万劫不复的时候，那又怎样？想点开心的事，起码你还有追求的方向，你也为此渴望过做过傻过，这样的人生不也很精彩吗？人生时常充满悔恨而又了无遗憾，每一次的失败与后悔，日后回想起来都是快乐的，怕只怕你岁至暮年，回想当年时，却好像什么都没发生过一样。

傻傻地活在世上，傻傻地走一遭，傻傻地为了梦想而拼尽全力，傻傻地做我们想做的事，傻傻的我们傻傻地活着，在还能装傻的年纪，好好享受这份福气吧！

别太较真

人们在做一件事情之前，都会先有一番预期计划，以确保万事俱备、万无一失，却不知万事俱备而犹欠东风、万无一失而必有一失。人们的预想是偏理想主义的，而这份刻薄的完美又是难以达到的，人们往往一厢情愿、一念相思，只因为与自己原先规划的有些许出入而不如意，一步错，万步乱，终至万念俱灰，一场空。

这就是太较真了。凡事太较真，无论看待什么都希望是十全十美的，对于那些用来装饰的符号也是锱铢必较，这无异于是将自己推入了万劫不复的重围中，除了死理谁也不认。人活着固然是累的，若是又要过分较真的话，就更累了。郑燮有句话叫“难得糊涂”，是啊，就算是聪明一世的人也会有糊涂一时的时候，但毕竟也是一念之差，糊涂一世可就不行了。人总有一根筋搭不上来的时候，有时想要逆天而为，有时想要逆势而为，有时又尝试着逆己而为，这时故作糊涂可能是最明智的举措了。当还未谋划清楚做一件事值不值当、胜算大不大时，人会处于一种待机假想状态，此刻你就要小心了，因为谁也不知道你下一秒会干出什么样的蠢事，也许只是一味地较真，却已是伤己伤人的。面对这种状况，糊涂可以说是最好的保护系统。

较真之人大多是完美主义者或是受世故所困者，后者暂且不谈，每个时代都会将一些执迷的信徒抛弃在其阴暗的一面。就前者来说，他们极度渴望得到他人的认可，尤其是那些他们重视的人，渴望做每件事都能将自己的能力展现到最大值，渴望在临行前不遗余力、不存悔恨、不抱恶趣味。

在如今社会巨大的压力下，完美主义者更倾向于在湍急的巨浪中逆流而上，在燃眉之急时仍旧表现出一副冷漠独断的假想，不愿流露出自己脆弱敏感的一面，示意别人一切妥妥的，而背过身来却独自挑起风险。要是成功了，他们会为其而侥幸，进而探寻下一个更高远的目标，而依旧独干单行。要是失败了，他们无法忍受自己的过错，会开始质疑自己的实际能力，无处倾诉和表面的掩饰给他们带来了更多的痛楚。有时，回过头来琢磨过往的功绩，他们又会怀疑那究竟是真正的完美，还是某些东西掩盖下的完美，或仅仅是一个完美的假象，实不成气候。到达了完美，又苛求进一步的完美，永无止境的欲望使得完美本身已变了质，而他们却沉浸其中自得其乐。要知道，不完美的完美才是完美，过度的苛刻只会适得其反，在下坡的路上一步一个脚印地进发。

何必与自己如此较真，有勇气请求别人的帮助也是一种强大，又为何一定要拘泥于那随便定义的强大？路永远不止一条，强大的定义也是因人而异的，完美主义者期望的这份强大说明他们不只是还可以，这份强烈的好胜心致使他们严于律已，以努力来弥补先天的缺陷或弱点。适度的完美主义是可取的，也是好的，但过了火总归是要失败的。不认输，不认不认也认了；不想死，想着想着也快了；太较真，较着较着生活也没什么滋味了。何不痛痛快快地活着，潇潇洒洒地来回，缝缝补补地重拾，哭哭啼啼地长大，踉踉跄跄地远行，做一个歪歪扭扭地活着的整整齐齐的人。

人非圣贤，孰能无过，给别人一片肺腑，也给自己一片清闲，不是叫你放纵底线、玩世不恭，只是要你活出血肉之躯该有的凹凸。你会对很多东西产生偏见，别人也会对你产生偏见，但你万不能对这偏见产生偏见，这样只会恶性循环，有因无果。

别太较真，太较真你就输了。人生是此起彼伏的，该有的完美，该有的参差，一个都不能少。当一个合理较真的完美主义者结合了自信与实力，那么这个世界就要当心了。

如梭青春，似水年华

“青春时代是一个短暂的美梦，当你醒来时，它早已消失得无影无踪。”在青春时期，我们有过失败、有过挫折，但同样也收获着成功的喜悦与成长的蜕变。或许有时我们会身处迷茫，不知所措，但不要畏惧，总有一束光会射入你的心灵深处；或许有时我们会烦恼，焦躁不安，但不要紧张，湛蓝的空中总有一片任你翱翔的霄汉；或许有时我们会跌倒，坠入深谷，但不要退缩，希望总是留给有准备之人的。风华正茂的我们，需要鼓励与信念，更需要勇气坚定地走下去。

以青春之名，我们无所畏惧，纵使时间飞逝，我们也不要为青春添上一丝悔意。青春是人一生中最值得追忆的年华，它朝气蓬勃、多姿多彩，却又稍纵即逝、无影无踪。我们于青春中成长，于青春中成熟。在此豆蔻年华，我们未曾停下过前行的脚步。

青春是人生中最宝贵的东西，它美丽奔放，一旦逝去便无法挽回；它洒脱不羁，像轻盈的风一样来了就去。它是火焰，更是风暴。每个人都有把握自己青春的权利，尽情释放自己的青春吧，即使不完美，也不要留下任何遗憾。居里夫人没有用青春的美貌来换取自己的骄纵与自满，而是将青春的大好年华都献身于科研之中，有人说她浪费了自己的青春，但她并不这样想，她在青春的旅途上迈出了超乎常人一步；罗伯特·波义耳在青春时期忤逆父亲的意愿，没有如两位哥哥一样靠家庭背景从政，而是利用短暂的青春不断探索，甚至烧伤了自己的眼睛，有人说他是在拿自己的青春冒险，但当人们抬起头时，永远只能看到他的两排足印；毛泽东在青春时期没有和志同道合的同学一起赴法深造，他说："祖国需要两种人，一种是出国学习他方知识的人，另一种则是留国进一步探索国家的人，而我是后者。"毛泽东的青春无人异议，他用他的青春书写了中华今日的强盛。

"世界是你们的，也是我们的，但归根结底是你们的。你们青年人朝气蓬勃，正在兴旺时期，好像早晨八九点钟的太阳。希望寄托在你们身上。"毛泽东苍劲一生，有人将未来寄托在他身上，而他却将未来交给青年人，不是因为别的，只因青春的我们有锲而不舍的毅力，有浪遏飞舟的勇气，更有自强不息的精神，我们勇担大任，在未来的道路上不懈前行。

青年人，请记住：“采花最好的时机是在曙光初现的早晨。”也许书本会腐化为灰烬，但知识将永留我们心中；也许鸟儿会停止鸣叫，但永远停不下它们对自由的渴望；也许天地会停止转动，但万物永远不会被僵化；也许青春会消逝，但永远泯灭不了我们青春的心。把握好青春的每时每刻，将瞬间的美丽化为细水长流。

谁主沉浮

人类是卑微的，亦是强大的。出于卑微，我们会迷茫，会困惑，甚至深陷泥潭；而出于强大，我们将主宰自己的命运。“问苍茫大地，谁主沉浮？”谁主沉浮？当然是我们自己，人生旅途的终点是死亡，而死亡绝非是人生的目的，我们应把握好旅途中的点滴，将璀璨的人生变得琳琅满目。若人生下来只是在这世上走一遭，我们也要主宰自己的命运，宁可硕果屈指数，不愿老大徒伤悲。

萨拉说，生命是一条美丽而曲折的幽径，路旁有恋花的丽蝶，累累的果实，但我们很少去停留观赏，或咀嚼它，只有一心一意地渴望赶到我们心中更加美丽的豁然开朗的大道。我们要把握自己的命运，永远不向命运低头。

在一份简历中，7岁的他被赶出居住地，年幼的他只得寻找工作以支撑起一个家庭；他生意失利、诸事不顺，却没有放弃，用十六年还清了借款；他进修法学院失败，竞选州议员失败，参加国会大选失败，竞选参议员失败，但他没有怨天尤人、自暴自弃，而是年复一年、日复一日地不懈努力着，为了下一次的希望而奋斗。他就是连续多年被评为美国最伟大总统的亚伯拉罕·林肯，他的一生跌宕起伏，也正由于他的坚持，使他取得了南北战争的胜利，并获得了黑人与白人的爱戴。

同样是为了捍卫黑人的权利，同样是为了与命运抗争，每个人都有自己的做法，以主宰自己的命运。“南非国父”曼德拉的一生都在为黑人的权利而奋斗，他早年因反对种族隔离而入狱，成为总统后，竟向当年虐待自己的三个看守致敬，这令周围的人无不为之动容。有关曼德拉的影片中的一句话让我记忆犹新，当曼德拉与黑人们走出监狱时，他对身旁的人说：“抬起头。”虽然只是简短的三个字，却展现了他对命运不服输的性格。同是如此，马丁·路德·金在他的演说《我有一个梦想》中讲道：“只要还有一个黑人没有得到应有的权利，我们便不会满足。”他将生命化作了自由的颂歌，让自由之声响彻密西西比的一座座山峰，一个个土丘。作为一个女性，也许在当时没有如此大的威信与声势，但斯陀夫人用如枪如炮的文笔表达了命运并非天注定，以一本《汤姆叔叔的小屋》为南北战争打响了第一枪。

“我要扼住命运的咽喉。它决不能使我完全屈服——噢！能把生命活上千百次真是美！”贝多芬在失聪之后仍能理性地说出这番话，实不负他“乐圣”之名。把握自己的命运看似艰难，实则只需紧踏步伐，永无顾虑地走下去。人生是一条漫长的旅途，而方向则是旅途的指南针；把握住方向，便是把握住了自己的命运。

人生十律

其一：切莫垂头丧气，切莫与己为敌，切莫不问世事，切莫自以为是，切莫妄自菲薄，切莫割舍情谊，切莫忧愁缠身，切莫否定自我，切莫急攻心切，切莫怒火攻心，切莫寻死觅活，切莫不分昼夜，切莫硬钻死角，切莫激动行事，切莫无因无果，切莫人存心亡；切莫憔悴，切莫流离，切莫悔恨，切莫抱怨；切莫问自己为什么要这么做，因为你早已知道答案。

其二：要有一个梦想作为努力的方向，要有一个家作为爱的港湾，要有一颗还算坚强的心助你坚挺地站立，要有一片合适的天空让你展现出最好的自我，要有一个足够健康、强壮的身体好支持你去做你想做的事，要有一个还未生锈的头脑用来谋划远行的图纸，要有一个乐观的心态去克服不远处一个又一个的困境，要有不止一个的朋友于你人生的每一个阶段共同欣赏那份从岩石中磨砺出的画作。

其三：你可以孤独但不可以寂寞，你可以空洞但不可以空虚，你可以柔情但不可以懦弱，你可以爱惜但不可以宠溺，你可以不服输但你不可以不认输，你可以痴心不改但不可以空费力气，你可以无限幻想但不可以虚实不分，你可以没有学问但不可以滥竽充数，你可以士别三日当刮目相看但不可以面目全非而亲友不认，你可以戴上墨镜但不能让它遮蔽你所有的视线。

其四：不害怕失败，因为失败过后才会迎来成功；不害怕疼痛，因为浴火重生才能成就真凤凰；不害怕流泪，因为触发感情的泪水可以洗净一切的过失；不害怕失去，因为这正能提醒你好好珍惜你现在所拥有的；不害怕前行，因为前面的路比你所想的更长更丰富；不害怕说出你心里的那句话，因为只有表达出了真正的感受才是最真实的你，而这样的你便是最好的你。

其五：懂得感恩，懂得为何而感恩，懂得如何正确地感恩，懂得让那些与你有爱之牵绊的人快乐，懂得他们的“恶语相向”都是为了让你进一步成长，懂得原谅他们的过错，懂得与他们交谈，懂得像他们关心你一样去关心他们，懂得长大以后要做他们的遮阳伞，懂得他们如此地深爱着你，或许表现的形式有所不同，但目的是一样的，并且你也离不开他们。

其六：不要试着忘记过去的伤痕，越是想要忘记，越是记得深刻；不要抱怨人生如此无奈，何不尝试留下一个流连忘返的明天；不要感叹童年那么短暂，只要你还是当年的那个你，远方还是当年的那个远方；不要试着掌控多变的事情，你要掌控的是你选择的道路和你的脚；不要逃避痛苦等待救赎，真正的伤痛只能从一个肩头换到另一个肩头来扛。活泼一点，坦诚一点，随性一点，至少要对得起自己，留下一片美好与赤诚。

其七：浪费时间去做你不愿做的事是最大的奢侈，认为自己拥有所有成功人士的优点是最大的平庸，了解自己的才能与底子并且能善于利用它是最大的认可，敢于承认自己的渺小与处世的局限性是超越的最大前提，而过于安逸的生活和不稳定的情绪是败事的最大因素。你既然已经动了念头，那还在犹豫什么？你没有多少资本可以挥霍，更别说是时间这种连亿万富翁都挥霍不起的东西。赶快去吧，别等到忘记了又想起来的时候才有勇气迈出第一步。

其八：约束这种东西最好从小就受一点，贫穷和苦头要在还吃得动的时候多吃一点，失败和挫折要在年轻的时候多感受一下，跟头要在还跑得动的年纪多跌几个。多思量一下自己有哪些不该犯的错误，少去指责别人的是非，更不要在人后说坏话，不管是真是假。人生就如同一个半满的杯子，人生就是如此的不完美。或许不完美才是完美，不完美的人生可以使我们活得更生动。

其九：人生说漫长可漫长，说短暂可短暂，漫长得我们回味不尽，短暂得我们无处停歇。人生可以是越走越沉重的，也可以是越走越轻松的，每个人肩上都背负着一个背包，有的人一路走一路丢弃着，背包自然就越来越轻了；而有的人一路走一路拾起着，背包自然也就越来越重了。人生不能够急于求成，任何一条路都是为人所踩踏的，无论你选择哪一条路，那都是一条只属于你的路。但是有一点，上帝绝对不会喜欢一个走捷径回家的人。

其十：好好地活下去！

人是棋局，人生是赌局

首先，我们先来谈论一个颇易混淆的话题：人与人生可否一概而论？许多人常常误以为人就是人生的一切，而人生就是人的生命。人生绝非如此简单，人的生命是人生的首要条件，这点确实不错，但人生活上的享受、生存上的挑战、生计上的需求、生长上的进化、生理上的满足，都是人生的一部分。人可以是单一的，也可以是三五成群的；可以特指某个人，也可以泛指一个生物的种族。人生可以是单调的，也可以是色彩纷呈的；可以有指定的路线，也可以有出其不意的遐想。为了你的人生，很多事你不一定会，但你必须努力去学。

人就像一盘竞争激烈且自主性强的棋局，将人吃人的影像改头换面地展现在了阡陌纵横的棋盘上。说到棋，影响最为深远的当属象棋和围棋。以象棋看人，胜败只取决于将帅的存亡，人的等级分成三六九等，人与人之间形成了社会的分层，这是典型的封建主义思想，与当今的形式格格不入，却最大限度地使各个棋子得以体现其独特的本领。以围棋看人，胜败取决于棋子间的联结，任何一个角落里的一子都可能是取胜的关键，黑白分明，每个人都能有一番大作为，而盘上独一子什么也做不了。以平等理念来说，人似围棋为好；以发扬特长一面来说，人似象棋为好。若说人是棋局，在棋盘上错综复杂、生死幻灭，那么你可曾想过那只在背后摆布的黑手又是什么呢?

人是棋局，即使棋盘纵横交错，也受到某些制约而不得不中规中矩。但人生就大不一样了，所谓“兵者，诡道也”。人生好似赌场，跨进去一条腿就再也收不回来了，有时往往运气比底气更为重要。

赌局一旦开始，便无法停止，就算你所剩下的赌注尚不够换取一斗米，也要毫无顾忌地将它押在你认定的那个地方。虽然大胆的冒险不是人生的唯一形式，但是那个有勇气下注来打赌所有人都认为不可能的事情的人，是任何人都无权讥笑的。

在金钱的赌局上玩耍的人是赌徒，在名利的赌局上玩耍的人是掮客，而在人生的赌局上玩耍的人是能够承受生命之重的人。也许你的筹码不比别人多，但你该庆幸它还在你自己手上，因为这样你还没有理由可以放弃希望。人生是赌局，同样，人生也是筹码，发牌的是上帝，而如何去打的权利在你自己手上。机会总是有的，一个好的机遇需要你去寻找并且努力把握，而不是坐着等待。

上帝也会犯错误，发牌时可能多发你几张或少几张，你不要因此而侥幸或气馁，你怎么知道别人那儿不是比你更多或是更少。赌就会有诱惑，就算你对它避而不见，它也会自己找上门来，固然躲是无用功，那就明白地告诉它："不稀罕。"真正笑到最后的赢家才不在乎这些。

既然人生是赌局，而赌的又是人生那么重大的东西，就千万别因冲动而轻易下注。身处赌局，大家都是为了得利而来的，但残酷的现实也必须要面对：输家永远比赢家要多。你要认清楚一件事，那些已成功的人士，只不过是下的赌注比你要大得多，而下注的时机抓得正好，果断又干脆，并且将所有的筹码都赌在了一个"赢"字上。

人走在棋局上，实不需以纵横线按部就班，棋子不能违反规则瞎走一通，而你真的只甘做一颗受人摆弄的棋子吗？人生押在赌局上，原本是无理取闹，但又有哪一次璀璨的背后，没有疯狂的行迹呢？

找不到起点，走不到终点

我们的人生本就是一条找不到起点、走不到终点的旅途，或许平凡，或许卑微，但我们绝不能轻易地舍弃它。即使是再渺小而微不足道的生命，也容不得丝毫的侵犯与践踏，任何事物都可以重来，唯独人生不能。纵使是世上最宝贵的东西，与人生相比也变得微乎其微。不知从何时起，我已踏上了这条旅途，再回首时已寻不到起点。这条路十分坎坷，我不断跌倒，不断爬起，却始终看不到旅途的终点。

一旦我们踏上了人生的道路，我们便远离了起点，若有人沿着一路走来的足印原路返回，那人生便形同倒带，一盘未录好音的磁带只落得一场空。如果非要给人生强加一个起点，我认为当一个人开始明白事理、拥有梦想的那一天就是起点，并且只要不肯屈服，便不会有终点。

人生其实很简单，不需太过复杂、繁琐，无需一定要从起点走到终点，更不应该将人生规划得如此死板。人生就是人生，需要充实，需要改变。人生不是航海图，每一条航线都描绘得细致入微；人生不是秤砣，一斤一两都要锱铢必较；人生更不是牵线木偶，一举一动皆受制于物。有人说人生就像压在石块下的小草，心有余而力不足，想要摆脱束缚，却无法得到阳光的眷顾。但不要忘了，有多少小草，或是绕道而行，或是从坚石的缝中钻出，才得以重见天日。同样被黑暗所覆盖，有的人选择弃之置之、听天由命，也有的人从没想过放弃，从没想过这便是自己人生的终点。他们不断寻找，不断顶开沉重的包袱，终于，在一片黑暗中找到了一丝曙光，并牢牢地抓住了它。

许多人会对没有终点的人生表示迷茫，或许会问："活着究竟是为了什么？"这个问题的答案很简单，用四个字便能解答，那就是"活在当下"。人生应当重视的不是何时开始，何时结束，应当注重的是人生的过程。如果说一朵花悠然绽放的时期是它人生的过程，那么它的起点是什么，是落子时，发芽时，还是结苞时？它的终点又是什么，是花谢时，落叶时，还是枯萎时？要我说，这些可能都不是。既然不知道它的起点和终点，就不要妄加推测，起码它出彩过，璀璨过，在这世间留下了美丽的一笔。活就要活在当下，不要一味地沉思过去，幻想未来，只有将当下的这步棋走好、走稳，才能有更美好的未来。至于什么找不到、摸不透的起点啊、终点啊，就让它们如天马行空一般隐没于云彩中吧。毋庸置疑，你该庆幸你已离开了起点，还未至终点。

我们希望受到众人的敬仰，但就如千军万马过独木桥，成者寥寥无几；我们渴望得到崇高的地位与身份，但往往一梦醒来，只留空悲切；我们奢求能为人生画上一个灿烂的休止符，可惜得意者无几。失败不要紧，因为我们尚未到达人生的终点，还有机会，然而人生只有一次，如不好好把握，即使追悔莫及也讨不回那些已逝去的黄金岁月。

人生，本就是一条找不到起点、走不到终点的旅途，对我是，对你是。

扬帆远航需要独奏，也需要多重奏

曾经有一只蜗牛，它明知自己的生命短暂且行动缓慢，它依旧带着往昔的伤痛，坚持不懈地背着重重的壳在一步步地往上爬，因为它的心中有梦想。这只蜗牛随着轻轻的风向着最高点前进，它乘着叶片眺望蓝天，做好了成为一个孤独者奔波在路上的决定，待风吹干了泪和汗，蜗牛仰天呻吟："总有一天我有属于我的天。"

我们又何尝不是这样一步一步吃力地往上攀爬着，只为寻得那片属于我们的蓝天。当梦想照进现实，历经的伤痛渐渐隐去，残酷的考验却愈发不由我们摆布。与其无谓地仰视命运，何不尝试着抛下包袱，扬帆远航！

在用青春、热血和生命谱写追梦者励志诗歌的路上，一个人可以走得很快，但不可能走很远；一群人可以走很远，但不可能走很快。这个世界上有些道路是必须要独自面对的，即便路再陡、再不安定，也要勇敢地跋涉下去。而若是想要到达更远的远方，就需要群体的力量，相互扶持，成群结伴地开辟出崭新的道路，来消解远方的孤寂。

人这一生不乏单干的机会，有些陌生的路总要一个人独自行走，有苦有甜，需要咀嚼沉默，也需要咀嚼心痛。

这孤独的路是一种痛，亦是一种美。它让我们意识到自己的势单力薄，好让我们放低那些架子，去探寻黑暗中的另一个自己。这是一场说走就走的旅行，少了诸多牵绊，多了几分挣扎，让我们领略到曾一度被自己忽略的美景，卸下沉重的行囊，完成那生命最初的蜕变。

奥斯特洛夫斯基于自己全身瘫痪、双目失明之时，写下了长篇巨作《钢铁是怎样炼成的》。与其说这是一本历史抒情小说，不如说是这一本传达了顽强意志的自传。奥斯特洛夫斯基就如小说中的主人公一样，虽身心都受到严重损害，仍然敢于独自面对一切，在与吸食血肉骨髓的恶魔做斗争时还不忘拼尽气力去用不朽的灵魂演奏孤独者的交响曲，这首独奏飘拂在人们心中，回荡八十余年至今不朽。

走自己的路有其重要性和必要性，但要是想一览众山小，就缺不了别人的协助。这条路上的坎坷、挫折是数不胜数的，孤独前行恐难以渐行渐远，这时就需要集体的努力。众人的智慧肯定是比个人的力量要强大的，但如果没有团结的概念，那么这个集体迟早是要溃散的。

群体有别于个体，考虑到整体的共进退，速度要放慢，但绝对比个人要走得远。一个高产值的群体可以以理性克服个人的任性，拥有更广泛的眼光来选择所要前进的道路。话说一燕不能成春，狼群只有集体行动才更有把握捕捉到猎物，我们只有借助他人和外物的辅助才能够更上一层楼。

俞敏洪，一个曾经的留级生，靠读书时的梦想集结了人心，站在了时代的浪尖上。庸庸碌碌的人生道路，常常有人纸醉金迷，道路的尽头我们无从探知，只不过群体的力量可以让我们更接近它，不沉迷于一城一地的得失。

作为中国体育的标志，刘翔几乎完全是凭借自己的力量来奔跑，而姚明有着一个团队，两人同样都拥有辉煌的职业生涯，同样都是在为了梦想而不懈努力，其区别只是个人和群体。或许速度本就适合独行者，而高远却适合一个集体。

蜗牛选择了孤独的道路，看着身边一个又一个逐渐远去的身影，看着眼前一位又一位已踏上归途的伙伴，它依然缓慢地向前爬着。相比蜗牛，我们也许幸运得多，说幸运是我们可以走得更快也可以更远，但也许我们还不如蜗牛那样能够一直坚持走下去。

人生的旋律是多变的，有英雄主义的独奏，也有恢弘磅礴的重奏，无论是哪一种乐曲，都是为了我们生命的乐章更加灿烂而存在。

岂是池中物（后记）

马锡尔

我们生存在这个处处皆是竞争的世界上，所以必须要去拼搏，但正因如此，我们也是幸运的，我们会变得愈发强大。伫立于物质较量之上的是态度，伫立于态度之上的是心灵，伫立于心灵之上的是决定，因为你决定要这么做，所以你一定会这么做，这就是心灵与命运际会擦出的火花。我们在没有特定称谓的躯体之间徘徊，就算不知道下一步是离成功更近还是离意外更近，也要走下去，用卑微的奋斗来创造可歌可泣的未来。

我们每个人就如同生活在池中的杂物，本来不受重视，却已然注定了将要在战栗和温暖中游走。生活中的张弛有度，处事的先预后达，天性的匆动匆虑，学习的寻根问法，都取决于我们有没有勇气去担当。一旦决定了，就不要再迟疑，时间等得了你，你却等不了它。不试一试怎么知道行不行？就算是试上一辈子，只要是你想要的，不就好了嘛。

凡事不要怕麻烦，实际上你可以选择，麻烦或者更麻烦，全都看你的取舍。小事情不可搞大，大事情不可小看，如果连这点事儿都嫌麻烦，那你还真是挺麻烦的。

在此，致所有学子。不狂不放不自我，不疯不癫不说梦，如果有一定要去做的事，就去做吧，放手一搏，赢了是你的，输了也是你的，又有什么好怕的呢？在还不算晚的时候，不顾一切地追逐自己的梦想，敢做的梦比天还大，敢有的梦想别人想都不敢想，扪心自问，谁又甘心做池中之物呢！

感谢陆振权校长对于我们年轻学子的理解与帮助，犹记得第一次与校长谈话时的情景，我就是在那一刻萌发了潜藏在心底许久的学文的心。谢谢，只言片语永远表达不了一个人的心情，但真的非常感谢您培养我立人，使我懂得了道与育不相悖的道理；正是您仁者爱人的气度和有教无类的教育铸就了我的成长，我将永远记得田园的葵花，永远记得田园人为了集体荣誉而留下的每一个脚印，永远记得那采风采景之人的慈祥面孔，永远记得有一个璀璨的响箭在等待着惠风，永远记得我故事开始的地方、教会我真正学人、学文的地方——“田园”。

在纷繁的各色教育模式中，陆校长坚守葵花精神来育人，大力支持我们所有人展现自己独具风格的一面，相信我们天生有才，相信我们各有精彩。在今年(2015年)的国际文化交流节上，陆校长扮演诸葛孔明，羽扇纶巾，那是一个多么雄姿英发的艺术形象。“我正在城楼看山景，眼看到田园操场热闹纷纷，锦旗招展鼓乐声声，却原来是田园学子各显精神。”——陆校长改编的是《空城计》，但长期以来，他在田园扮演的不是诸葛亮，而是刘皇叔，秉持“三顾茅庐”的精神来探寻出田园每一位学子的过人之处，带领我们撒下葵花的种子，待来年亲眼见证我们这些葵花朵朵向阳，矗立于风雨中，拼搏出自己的一片天。

感谢李卫华老师，他对我的作品青眼有加，给了我极大的自信，也给了我很多极富建设性的建议。李老师觉得从我的文章中感受到了一种由对生活的懵懂、彷徨到初识、初悟的转变，故赐愚作“诗意栖居的青春”的美名，寓意为珍惜美好青春，感悟人生诗意，行走在人生追求真知的漫长道路上。士生于世有遇与不遇之变，踏过顺境逆境仍会在坚守中不断前行。“盈科而后进”，实现“放乎四海”之志。学于道，拘于礼，行于卷，附于心。行有余力之暇仍不忘瞅一眼沿途的风光，这些道理就算明白也不一定做得到，但尽力总是好的，在这里先行表达我的满腔感激之情。

最后，感谢田园高中所有的老师和同学，师长们鞭策教导着我，优秀同学的优秀作品和成就激励着我。尤其是之前出版过个人文集的4位学长，没有他们的勇敢尝试，没有榜样的激励和鼓舞，何来勇气？这本书根本无从谈及。再次深表感谢！

古今之成大事者，必有其过人之处。不耻相师，不设常师，不拘于时，不遗余力，此为智胜！以的卢赤兔之势追日月流云之繁星，持鹰击长空之劲问苍茫大地之沉浮，此为气胜！唯江河头尾归途，望尽天涯路各一方，千百度觅灯火阑珊，此为境胜！荐血轩辕换人之正道，风情万种立一呼之健，以山平山，以水覆水，不失盛年鸿鹄志，推风溅水为潮头一白，犹毅犹强犹乘风而去不可阻矣。此为道胜！

成小事靠才，成大事靠德，凭心，凭性，为辛，为幸。是为记。

2015年5月